KB093808

내 마음의 반창고, 글쓰기

읽고 쓰기로 아프고 힘든 감정을 치유하기

내 마음의 반창고, 글쓰기

초판 1쇄 발행 ㅣ 2018년 3월 6일

지은이 ㅣ 김정찬
펴낸이 ㅣ 공상숙
펴낸곳 ㅣ 마음세상

주 소 ㅣ 경기도 파주시 한빛로 70 507-204

신고번호 ㅣ 제406-2011-000024호
신고일자 ㅣ 2011년 3월 7일

ISBN ㅣ 979-11-5636-218-0 (03810)

원고 투고 ㅣ maumsesang@nate.com

ⓒ김정찬, 2018

* 값 13,000원

* 마음세상은 삶의 감동을 이끌어내는 진솔한 책을 발간하고 있습니다. 참신한 원고가 준비되셨다면 망설이지 마시고 연락주세요.

이 도서의 국립중앙도서관 출판예정도서목록(CIP)은 서지정보유통지원시스템 홈페이지(http://seoji.nl.go.kr)와 국가자료공동목록시스템(http://www.nl.go.kr/kolisnet)에서 이용하실 수 있습니다. (CIP제어번호 : CIP2018004779)

내 마음의 반창고, 글쓰기

김정찬 지음

마음세상

들어가는 글

글쓰기에 관해 써 보려고 하는 내 모습, 어찌 보면 참 보잘 것 없는 청년입니다. 놀기 좋아하고 운동도 좋아하고 먹는 것도 좋아하는 남들과 다를 바 없는 청년이지요.

그런 제가 글을 쓰고 바뀌게 된 이야기를 하고 싶어요. 매일 후회하고 걱정하고 슬퍼하던 내 모습이 조금씩 변화되어 가고 있다는 걸 깨달았죠.

참 착하게도 산 것 같습니다. 친구에게 상처 줄 말을 하지 못하고 옳지 못한 일을 하는 내 모습을 부끄러워 하는 모습도 생각이 나고 혹 누군가 나를 안 좋게 보면 어쩌지? 라는 생각을 참 많이 했어요.

그러다 글쓰기를 접하게 되었고 많은 것이 바뀌었습니다. 저 자신에게 힘이 있다는 것을 느꼈어요.

처음 글을 접하게 된 후 내가 아픈 것에 집중할 수 있었고 그 아픔을 통해 나만 힘든 게 아니었구나.' '나만 슬픈 게 아니었구나.'라는 것을 깨달았습니다.

그리고 내가 정말로 하고 싶은 말들로 글을 쓰니 아픔 고통이 치유되어 가고 있는 것 같습니다. 저는 사실 한쪽 팔이 없는 장애인입니다. 지체 2급 장애인이지요. "한쪽 팔로 어떻게 글을 쓰느냐?"라고 하는데 썼습니다.

지금 이렇게 쓰고 있지 않은가요? 남들이 그래요. "어떻게 글을 쓰나?"고요. 저도 처음에 생각했어요. 글을 어떻게 쓰지? 너무 느리지 않을까? 너무 힘들지 않을까?

그런데 써지더라고요. 내 이야기 남에게 할 수 없는 내 이야기를 쓰다 보니 조금씩 자신감이 생겼던 것 같아요. 어떻게 보면 참 안쓰러운 현실인데 돌파구를 찾았다는 것에 감사함을 느끼죠.

글을 쓰는 삶에 동참하게 해 주신 이은대 선생님께 감사합니다. 만일 '글 쓰는 삶을 알지 못했다면 얼마나 힘든 삶을 살고 있을까?'라는 생각을 하곤 합니다. 아침에 일어나 글을 쓸 수 있다는 것에 감사하고요. 처음에는 '죽고 싶다.' '내게 왜 이런 시련이 올까?'라는 한탄만 했었다면 요즘은 감사해요.

내 속마음을 밖으로 내보여서 한걸음 뒤로 물러서서 생각해 보면 '별것 아니네.'라는 생각이 들죠.

당연히 누구든 힘들지 않을 때가 있을까요? 세상을 살아가면서 힘들지 않은 사람은 없어요.

제1장
나의 아팠던 순간들

어찌 보면 저는 글쓰기를 하고 싶어 한 지도 모르겠어요. 딱히 좋아하는 것도 없고 그렇게 잘하는 것도 없는 저였는데 누군가에게 내 이야기를 하는 걸 좋아했어요. 상대방 이야기 듣는 것도 좋아했고 참 눈물이 많은 아이였어요.

그런데 울고 싶어도 눈물이 나지 않는 순간들을 지나면서 글쓰기를 가르쳐 주시는 이은대 작가님을 만나게 되었죠. 처음 글을 쓰게 되었어요. 거창하지도 대단한 이야기도 아니었어요. 오로지 제 이야기였죠. 참 좋은 에너지를 받았어요. 글을 쓰는 것이 내 삶을 바꿔 줄 것이라는 생각을 하지도 못했죠. 그런데 글을 쓰고 나에게 좋은 일들만 아니, 좋은 내가 세상을 아름답게 보고 있는 나를 발견하게 되었어요.

사고 후 지금까지

21살 때 사고가 났어요. 기억이 나지 않지만 그 당시 모든 사람이 저를 외면할 거라고 생각했어요. 어렸을 때부터 초등학교로 돌아가도 그래요. 친구들끼리 싸우는 걸 아주 싫어했고 혹 '선생님께 혼나면 어쩌지?'라는 생각이 가득했어요. 어머니, 아버지께도 밥상머리 제대로 안 한다고 하면 눈물을 뚝뚝 흘렸었으니까요.

어머니가 혼내실 땐 세상 떠나가듯이 울었던 것 같아요. 어찌나 울었던지 유치원에 갈 때도 밖에서 혼자 엉엉 울고 있으니 친구 엄마가 달래주고 그랬어요. 초등학교 1학년 때는 학교가기 싫다고 눈물을 흘리기도 하고 사람들의 말에 상처를 많이 받았어요. 친한 친구에게 상처받는 말을 들으면 힘들어 했어요.

사고도 제 여린 마음 때문에 그런 게 아닌가 생각이 들었어요. 대학교를 입학하고 자신감 차서 이런 활동도 해 보고 저런 활동도 해 보고 많은 사람을 알게 되고 많은 것을 경험하게 되었죠.

처음 보는 사람들, 친구들, 알게 된 사람들에게 모든 사람에게 잘 보이고 싶었고 모든 사람이 나를 좋아했으면 좋겠다는 생각을 했어요. 참 안타까운 생각들이었어요.

'어떻게 하면 모든 사람에게 인정받을 수 있을까? 사람마다 생각이 다 다른데 모든 사람에게 인정을 받을 수 있을까?' 라는 생각을 해요. 친구 중에 한 친구는 남들이 뭐라 하건 신경 안 쓴다고 하긴 했었는데……. 자기 자신에겐 좋겠지만 저는 그렇게 사는 걸 반대해요.

내가 피해를 주면 죄송하다고 해야 하죠. 그렇죠. '어떻게 남들이 뭐라 하건 말건 신경 쓰지 않고 자기 삶 사는 것을 옳다.' 라고 볼 수 있을까요? 물론 그 친구의 삶이니 존중해요. 제 생각은 그래요. 나도 누군가에게 피해를 입었던 것처럼 남에게 피해를 입힐 수 있다고 누군가에게 피해를 입혔으면 죄송하다고 얘기해야 하죠. 그런데 안타까운 현실은 누가 잘 되기만 하면 질투를 또 그 사람이 잘못하면 '그래, 그래 저 봐라. 저럴 줄 알았다.' 라고 말하는 사람이 참 많다는 것이 아쉬워요.

인터넷을 봐도 악성 댓글들이 매우 수두룩합니다. 참 안타깝죠. '왜 이렇게 사람을 못 잡아먹어서 안달일까?' 라는 생각이 들어요. 그런데 반대로 나도 누군가에게 상처를 주진 않았겠냐는 생각을 해 봐요. 언행을 함부로 하지 말아야겠어요.

글을 쓰는 삶을 접하고는 많은 것이 바뀌었어요. 우선 사람들의 말을 끝까지 들어준다는 거였죠. 사람의 말을 끝까지 듣기도 전에 혼자 판단하고 얘기했던 것에서 벗어나서 그 사람의 말을 공감해주기 시작했어요. 사고가 난 후 지금까지 4년 하고 6개월가량 흘렀어요. 조금만 일찍 글 쓰는 삶을 알았더라면…….

제일 먼저 드는 생각이었어요. 그래도 참 감사한 것 같아요. 내 나이 25살, 어떻게 생각하면 이른 나이에 삶을 바꾸어 버릴 것을 배웠으니까…….

바로 글쓰기입니다. 힘들 때면 이렇게 해요. 우선 심호흡을 하면서 '그래, 나만 힘든 게 아니야!' 라고 외치죠. 항상 마음이 평온해지지는 않지만 안 하는 것보다는 훨씬 도움이 돼요. 힘들 때 하는 취미가 있듯이 저의 취미는 글쓰기에요.

너무 좋아요. 사고 후 4년간을 죽은 삶으로 살아왔어요. 매일 하루에 12시간 넘게 자면서도 힘이 없었어요. 매일 피곤하고 매일 눕고 싶어 했죠. 누워서 아무것도 하지 않죠. 몸은 그런데 머리는 꼭 무언가를 하고 있어요. 쓸데없는 잡생각은 다 해요. 그러니 더 우울해질 수밖에요.

앞으로의 미래가 불분명할 때 참 힘들었어요. '앞으로 나는 뭐하고 살아야 하지? 이렇게 고통 속에 있으면 어쩌지?' 라고요. 참 힘들었어요. 아직 힘들어요. 누구나 자기 삶이 제일 힘들다고 하는데 저도 참 힘든 삶을 살아온 것 같아요. 그러다 우연히 블로그에서 이은대 선생님을 만나게 되었고 강의를 듣게 되었죠. 제 인생을 바꾸어 줄 강의였어요. 진정성이 묻어 나셨죠. 말을 할 때마다 힘이 느껴졌고 글을 쓰는 삶에 동참하게 되었어요.

저에게는 다시 오지 못할 순간이죠. 이렇게 글을 쓰고 있다는 사실이요. 그래요. 누군가는 그러죠. "글? 그거 아무나 쓰는 거 아니야." 라고요. 하지만 저도 쓰잖아요. 앞으로도 계속 쓸 겁니다. 이 엄청난 힘을 계속 느끼고 싶어요.

슬플 때도 있고 다 포기하고 싶을 때도 있겠죠. 어떻게 매일 좋겠어요. 그럼에도 글쓰기와 함께 한다면 참 행복할 것 같아요. 방문을 열어두고 저에게 집중하고 있어요. '오늘 뭐했지? 오늘 저녁에 먹은 고기는 정말 맛있었어.' 라는 식으로요.

　기분 전환할 겸 동네 한 바퀴를 돌았어요. 한결 낫더라고요. 갑자기 가슴이 두근거리기도 하고요. 수술한 오른 다리가 빠지는 느낌도 들었어요. 누군가가 생각하면 별것 아니지만 저는 힘들었어요. 자존감도 떨어져서 누군가와 함께 하는 게 두려울 때가 있었어요.

　아픈 상처를 겪으므로 겸손해지게 되었죠. 세상에게요. 미리 알면 얼마나 좋을까요? 다른 분들도 그렇고 저도 그렇고 소 잃고 외양간 고치는 거 같아요. 누군가 그러더라고요. 소 잃고 외양간 고치는 것도 필요하다고요. 똑같은 실수를 하지 않기 위해서요.

　글쓰기가 뭐 대단한 건 아닌 것 같습니다. 저도 그저 쓰고 있잖아요. 오늘 하루 참 힘들었는데요. 이렇게 글을 쓰면서 제 이야기를 하고 나면 개운해요.

　오늘 컴퓨터 수업에서 열정적이신 선생님 모습도 생각나고요. 친구와의 전화 통화에서 요즘 잘 지내느냐고 연락도 했습니다.

　한층 여유로워진 것 같아요. 다른 이의 아픈 이야기도 들어주는 걸 보면요. 참 이기적이게 살아왔던 저인데 많이 겸손해진 것 같습니다. 함께 할 누군가가 있다는 것, 참 살아볼 만한 것 같습니다. 생각해 보세요. 매일 아침밥을 해주는 어머니, 우리를 위해 일해 주시는 아버지.

　감사해지죠. 겸손해지면요. 자기 자신을 낮출 수 있죠. 그래서 남들을 헤아려 줄 수도 있고요. 글을 쓰고 나서 참 겸손해진 것 같습니다. 많은 이들을 생각하면서요. 외쳐봅니다. "나만 힘든 게 아니다!" 라고요.

눈물이 메말라 있었다
눈물이 나지 않을 때 어떤 느낌이냐면

왜 그렇게 눈물이 많았는지요. 처음에 혼나서 울기도 하고 중학교 1학년 땐 처음으로 체육부장을 맡았어요. 체육을 잘하는 것도 아닌데 얼떨결에 맡았어요. 걱정했던 것 같아요. '친구들이 내 말 안 들으면 어찌지?' 라고요. 비가 추적추적 오는 날, 분위기가 처지는 날, 기억이 납니다. 친구들이 제 말을 안 듣고 놀다가 선생님께 혼났던 날이요. 저는 친구들을 잘 구슬러서 체조 운동을 하는데……. 꼭 그런 경우 있잖아요. 잘하다가도 선생님께서 올 때쯤 떠드는 경우요. 정리 잘 되어 있다가 갑자기 줄이 흐트러지는 것처럼요. 억울했습니다. 부모님께 혼나고 방에 들어가는데 문이 저절로 꽝 닫힐 때 굳이 비유를 들자면 그럴 때 참 억울했던 것 있죠.

글을 쓰고 나서는 옛날 일을 기억해 보니 별것 아니더라고요. '그땐 왜 그렇게 걱정했나?' 라는 생각이 들기도 하고요. '앞으로 강한 마음을 가질 수 있도록 노력해야지.' 하고 마음도 다잡았던 것 같아요. 글을 쓸 때 있는 사실을 쓰면서 어느 순간 눈물이 핑 돌 때가 있습니다. 글을 쓰는 순간에도 저도 모르게 가슴이 벅차오를 때가 있습니다. 신기하게도 있었던 일들을 나열해 보니까 눈물 흘렸던 그 상황으로 감정이입도 되더라고요.

'그때 힘들었지.' 라고요. 그때 비가 추적추적 내리는 날이었는데 '쳐지는 날씨처럼 내 마음도 처졌었지.' 라고요. 참 슬펐어요. 근데 슬프다는 거 얼마나 좋은지 몰라요. 눈물을 흘릴 수도 있다는 거요. 누군가의 말에 슬퍼할 수 있다는 거요.

슬프면 슬프기도 하고 즐거우면 즐겁기도 한 게 중요하죠. 중심을 잡으면서 잘 헤쳐 나가는 것만큼 중요한 일이 없습니다. 친구들과 울고 웃으며 함께 했던 순간들이 기억에 남아 있습니다. 서로 재미있게 놀기도 하고요. 그때가 생각이 납니다. 친구들과 저녁으로 술을 먹으면서 놀았던 때요. 한없이 장난도 치고 한 친구는 어디로 갔는지 없어지기도 하고 또 어떤 친구는 휴대 전화를 잃어버리기도 하고요. 찾는다고,

"야, 내 휴대폰으로 전화해 봐."

"어디 놔뒀는지 기억 안 난다. 빨리빨리."

친구에게 전화해서 휴대폰을 찾았던 기억도 나고요. 그럴 때 있죠. 꼭 한 명이 술자리에서 없어지는 광경이요. 참 아이러니해요. 물론 저도 필름이 끊겨버릴 뻔한 적이 있습니다. 그럴 때 있죠. 술이 들어가서 걷는데 비틀대던 그런 적이요. 저는 조금만 더 마시면 필름이 끊겨 버렸을 텐데…… 다행히 그 이상은 마시지 않았던 거 같아요. 술을 먹고 필름이 끊겨 버리면 전날 기억이 하나도 안 나는데 글을 쓰면 또렷해져요. 내 슬픔, 아픔이 눈에 보이죠.

슬픔이라는 게 한 번 빠지면 헤어 나오기가 참 힘든 거 같아요. 아파서 너무

아파서 힘들 때는 저도 '어떻게 하면 좋을까?' 라고 생각했어요. 그럴 땐 힘들죠. 참 안타까울 때가 많아요. 아파서 힘들어하는 사람들을 보면요……. 저도 그랬던 적이 있거든요. 침대에 누워서 한숨만 푹푹 내쉴 때가 있었죠. 꼭 세상 아픔 다 짊어진 것처럼요.

신이 있다면 '왜 나에게 이런 시련을 줬을까?' 생각했죠. 우리는 참 약해요. 흔들릴 때도 또 포기할 때도 있죠. 그런데 누구나 그렇다고 말하고 싶어요. 내 고통이 세상에서 제일 힘든 고통이지만요. 저보다 아픈 사람이 훨씬 많다는 거요. 참 말은 쉽죠? 저도 힘들 때가 많은데 말이죠.

그래도 마음을 조금 달리 생각하는 것과는 많이 다른 것 같아요. 생각을 좋게 가지고 있으면 훨씬 더 잘 이겨낼 수 있는 것 같아요. 긍정적인 사람이 있습니다. "할 수 있다!" 라고 외치는 사람이요. 그 사람 옆에 있으면 저도 모르게 기분이 좋아집니다. 옆에 있으면 힘이 난다고요.

SNS로 알게 된 헬스 트레이너 형이 있어요. 그 형은 정말 행복 바이러스가 몸에서 나와요. "할 수 있다! 아자! 아자! 사랑합니다! 많이 많이요!" 라는 말을 온종일 외치죠. 가까이 없지만 힘을 받을 수 있는 거 같아요. 주위에 좋은 사람들이 많이 모이기 위해선 나 자신이 바뀌어야 할 것 같아요. 좋은 영화도 많이 보고요. 눈물을 흘릴 수도 있는 그런 마음도 필요한 것 같고요. 즐겁게 웃을 수도 있는 마음도 생기길 바라면서요. 친구가 울고 있는데 같이 울어주는 것만큼 중요한 것이 있을까요? 없죠. 공감해 주는 것, 정말 중요한 것 같아요. 저도 힘든 제 이야기를 들어주는 사람에게 감사해요. 감사하다는 거 참 좋은 행위인 것 같아요. 온전히 두 다리로 걸을 수 있음에 감사하고 좋은 사람들과 함께 할 수 있음에 감사하죠.

감동을 하기도 하고 슬플 땐 슬퍼하기도 했죠. 신기했어요. 쓰는 삶만 나에게 추가를 했을 뿐인데 이렇게 좋은 감정을 느낄 수 있다는 것이에요. 글쓰기라는 행복이 저에게 오자 많은 것이 바뀌었어요.

앞에서 말했듯이 우선 감사가 제 마음에 왔어요. 글을 쓰면서 한 번 더 생각하게 되죠. 내가 잘못했던 점, 잘하는 점들 생각해 보니 잘하는 것보다 잘하지 못하고 있는 것이 많더라고요. 집에서 청소를 제대로 하고 있지 않은 제 모습, 나만 생각했던 이기적인 모습들이 생각나더라고요. 참 사람이 간사한 것 같아요. 아플 때는 건강하기만 바랐는데 점점 욕심이 많아지는 것 같아요. 참 아쉬울 때가 많죠. 그런 것 같아요. 언제나 행복할 수는 없다고요. 누군가 그러더라고요. 항상 좋을 수 없다고요. 힘들 때도 포기하고 싶을 때도 있다고요. 그게 인생이라고요.

참 가슴에 와닿았던 말인 거 같아요. 저가 지금까지 나 혼자만 힘든 줄 알았는데 '다른 이들도 힘들어 하는구나.' '다른 이들도 나와 같이 힘들구나.' 라는 걸 글을 쓰며 알게 되었어요.

글을 읽고 글을 쓰며 사람들을 대할 때 진심으로 대하게 되고 사람들 개개인마다 아픈 구석은 하나쯤 다 있더라고요. 병원에서 만난 분 중에는 추락사고로 지능이 갓난아기로 되어버렸어요. 어떻게 할 수가 없죠. 저는 그에 비교하면 팔이 한쪽이 없지만 참 다행이라는 생각이 들더라고요.

그것도 오른손이 남아 있어요. 만일 오른손이 절단되었다면 상상도 하기 싫어요. 참 안타까운 게 많았던 저인데 무언가를 갈구하기도 또 무언가를 원하는 것도 참 많았어요. 예를 들면 올 여름에 덥다고 얼음이 나오는 정수기를 사달라고 하는 것, 매일 맛있는 음식 해달라고 하는 것 참 원하는 게 많았습니다. 욕심을 내려놓으려고요. 욕심을 내려놓고 조금씩 제 내면을 강하게 만들려고요.

눈물이 메말랐던 저인데 아직 펑펑 울지는 못했습니다.

슬프다. 너무 슬프다. 슬퍼서 눈물이 펑펑 쏟아지게요. 어릴 때는 그렇게 우는 게 창피스러운 일이었는데 지금은 왜 그렇게 울고 싶은지요. 오늘 슬픈 영화를 한 편 봐야겠습니다. 마음이 따뜻해지는 그런 영화요. 그래서 따뜻해진 마음으로 차가운 마음을 가진 사람들을 따뜻하게 만들어 주고 싶어요.

그래서 함께 하는 삶을 살고 싶어요. 참 그런 따뜻한 마음을 가지게 된 것도 저에게는 행운인 것 같아요. 글 쓰는 삶은 정말 어려울 거라 생각했는데 생각보다는 어렵지 않더라고요. 매일매일 아침에 일어나는 게 힘들었고 틈만 나면 누우려 했던 내 모습에서 조금은, 아주 조금은 깨어 있으려고 노력해요.

네가 무슨 고난을 겪어 봤냐는 말을 하실 수도 있습니다. 저는 남들에 비교하면 그렇게 큰 역경을 겪은 게 아닐 수도 있습니다. 그런데 제가 하고 싶은 말은 글을 씀으로 저 자신을 뒤돌아봤다는 겁니다.

같이 있으면 좋은 사람과 함께 하면 좋은데 글을 쓰면 마치 기쁜 일을 같이 겪었던 친구가 생각이 나기도 하고 즐거웠던 점, 행복했던 점이 생각이 나더라고요.

함께 하고 싶습니다. 글을 쓰는 삶을요. 조금 더 삶이 행복해질 거라 생각이 듭니다. 앞이 캄캄했던 제 모습이 조금은 밝아지는 것 같습니다.

희망이 없었다

저는 그런 아이들 보면 대단하다는 생각이 듭니다. 참 아픈 데도 밝게 살려고 하는 아이들이요.

시련이 오면 참 힘들어 했습니다. 제 주변에는 좋은 분들이 많아서 다행이에요. 제일 힘든 것이 아플 때 힘들 때 곁에 아무도 있지 않은 거죠. 한 번씩 그럴 때 생각합니다. 아무도 없다면 내가 아플 때 함께 해주는 사람이 없다면 얼마나 힘드냐는 생각을 하면요.

글을 쓰고 희망이 생겨나고 있는 것 같아요. 아침에 조금이라도 쓰려고 노력하고 자기 전에도 글을 쓰려고 하고요. 글을 쓰면 나 자신의 이야기를 나에게 돌아오는 것 같아요. 그래서 힘도 생겨요.

아플 때 어떻게 견뎠는지 생각하면 침대에 누워서 온종일 걱정만 했어요. 약의 강도도 너무 강해서 잠은 쏟아지고 힘은 더 없어졌습니다. 무기력해지죠. 사람이요. 얼마나 힘든지 모릅니다. 책상에 있는 휴대폰, 손을 뻗으면 잡히는

데 거리가 있어 잡히지 않았죠. 힘이 없어서, 너무 없어서 생활하는 게 버거웠어요.

항상 만족하지 못하고 있던 저였는데 이만한 것에도 감사하다는 마음이 들고 있습니다. 제가 신이 아니기 때문에 완벽하지는 않을 수밖에 없지만 적어도 감사하는 마음은 잊지 않으려고요. 이른 아침 일어나 걸으면 눈부시게 비치는 햇살을 받으며 걸을 수 있다는 것에 감사하고 걸을 수 있는 두 다리가 있음에 감사하자고 되뇌고 있습니다.

수술을 끝내고 실밥을 풀기 전에 소독하러 가야 하는데 힘이 없어서 겨우겨우 갔던 때가 생각이 납니다. 슬프다기보다는 의욕이 없었죠. 뭘 하는데 의욕이 없다는 거 정말 힘든 거예요. 뭘 해도 재미가 없고 그냥 아무것도 하기 싫을 때 말이죠. 사실 글을 쓰는 지금도 눕고 싶습니다. 저도 끊임없이 질병들과 싸우고 있거든요. 하루에 몇 번이고 드는 생각이 눕고 싶다. 아무것도 안 하고 싶다는 생각이 드는 것 같아요.

요즘은 깨어 있으려고 노력하죠. 글을 쓰고 많은 것이 바뀐 것 같습니다. 주위에 좋은 사람들도 많이 생겼고요. "커다란 기쁨이야." 라고 말하고 있습니다.

희망이 없다는 건 살아갈 목표가 없다는 것입니다. 내가 뭘 하고 싶은지 모르는 거요. 그냥 그런대로 그냥 흘러가는 대로 사는 사람이 많은 것 같습니다. 저도 그랬고요. 이 힘든 우리의 희망이 꺼져 가고 있는 시점에서 같이 이겨 나가고 싶습니다.

희망에 가득 차서 하루하루 즐겁고 재미있는 삶을 살면 어떨까요? 정말 좋겠죠. 매일 아침에 일어나는 것도 즐겁고 좋은 일들만 생길 것 같은 날들만 계속되고요. 이 모든 것은 마음에 달린 것 같습니다. 한 번 외쳐보는 거 어떨까요.

'오늘 하루도 행복한 하루가 되기를.' 이라고요. 자기 암시도 참 중요한 것 같아요. 내 마음 속에다가 얘기하는 거죠.

자존감이 높은 사람들을 보면 부럽습니다. 자기 중심이 잘 잡혀 있고 자신에게 당당한 사람들이요. 저도 노력할 겁니다. 아니, 노력하고 있습니다. 길을 가다가 풍랑을 만나고 역경도 있겠지만 참 힘들 때 누군가 옆에서 용기를 북돋아 주면 힘이 나듯이 저 자신에게 얘기하는 겁니다. 힘내라고요.

함께 하고 싶어서 가족들에게 얘기해 보았는데 아직 마음을 열지를 않더라고요. 제가 많이 부족해서 그런가 봅니다. 제 모습이 바뀌면 생각해 보시겠죠?

남들에게 권유해 보기 전에 남들이 저를 보았을 때 많이 바뀌는 모습이 보이면 제 마음을 알아주겠죠. 글쓰기도 목표가 필요한 것 같아요. 저는 책을 쓰는 게 목표이긴 하지만 어찌 보면 제 이야기를 하는 것 같아요. '써야 된다. 써야 된다.'라고 생각하면 힘들죠. 그런데 이은대 선생님께서 그런 말을 하시더라고요. "내가 성공하기 위해서 글을 쓰는 것은 옳은 글쓰기가 아니라고요. 손이 가는 대로 글을 쓰라고요." 저는 한쪽 팔이 없죠. 아주 느립니다. 다른 분들은 글을 쓸 때 머리가 손을 못 따라간다고 하는데 전 손이 너무 느립니다. 그래도 쓰려고 노력하고 있어요.

사무엘 존슨은 "희망은 어떤 상황에서도 필요하다."라고 말했어요. 정말 힘든 삶을 살아가는 사람들 생각보다 많이 있죠. 그런 분들 중 한 가정의 가장이신 분들도 있죠.

가정을 보고 힘을 내는 아버지들 아파서 어쩔 줄 모르는 환자들 중에도 희망을 노래해 TV에 나오는 사람들 모두 다가 희망이 있어서 살아갈 수 있는 거 같습니다. 어떻게 보면 저는 환경이 나쁜 것도 아니었는데……. 참 복에 겨운 소리 한다고 누군가 그럴 수도 있죠.

언젠가는 참 아픈 사람들 마음을 더 잘 헤아려 주는 사람이 되었으면 좋겠습니다. 그래서 주위에 있는 사람들이 따뜻한 마음을 가질 수 있기를 바랍니다.

조금 화날 때도 있고 짜증날 때도 있죠. 그래도 참고 다시 한번 생각해 보는 사람은 한층 성장한 사람인 것 같습니다.

희망! 잃지 않으시길 바랍니다. 저도 잃지 않을 겁니다. 생각만 해도 마음이 벅차서 행복해지는 꿈을 가졌으면 좋겠습니다.

하고 싶은 일을 쓰다 보면 기분이 좋아지잖아요. 저도 그런 생각하니 기분이 좋네요. 가을에 단풍 구경을 가는 것, 재미난 영화를 보는 것, 아주 사소한 것이라도 상관없을 거 같아요. 항상 마음 한구석에 희망을 품고 삽시다. 우리.

그래서 우리 세상이 조금씩 더 아름다워지면 좋겠어요.

자책만 하고 슬플 때가
그지없이 많았다

아침에 못 일어난다면 못 일어난다고 자책했던 적이 많았어요. 일찍 일어나고 싶어서 신경을 써도 늦잠을 자는 경우가 많았습니다. 별것도 아닌데요. 참 저에게 채찍질하면서 생각한 대로 행동이 안 된 것 같아요. 가슴이 아프죠. '왜 나는 이렇게 밖에 못 할까? 나는 왜 이렇게 안 될까?' 라고요.

몇 번을 다짐하고 외쳐 봐도 약한 저 자신에게 화가 났습니다. 왜 이렇게 밖에 못 할까? 라고요. 그럴 때 있죠. 가슴이 한쪽이 아려올 때 '이것 밖에 못할까?' 라고 생각이 들 때면 저 자신이 초라합니다. '저 자신이 멋지다.' 라고 생각하기도 아쉬운데 말이죠. 이제는 그러려고요.

그럴 때도 있지 라고요. 대신 최소한의 저와의 약속은 지켜야죠. 꼭 지켜야 하는 약속 말이에요. 이른 아침 일어나 기분 좋게 하루를 시작할 수 있으면 더

할 나위 없지만 조금 늦게 일어나도 내일부터 조금 일찍 일어날 수 있게 노력하자고 마음먹는 거예요. 저 자신에게 자꾸만 왜 이러냐고 생각하면 할수록 저자신만 초라해지는 것 같습니다. 확실히 저 자신만 초라해지는 거 같습니다. 제가 그랬거든요. 참 사소한 것에 지지 말자고 생각했는데 지고 있는 제 모습을 보면 안타깝죠. '그렇게 합시다.' '그럴 수도 있지.'라고요. 넓은 마음을 가질수 있게 하고 외치는 겁니다.

조금은, 아주 조금은 효과가 있더라고요. 가슴이 강해지기를 바라는 겁니다. 토닥토닥, 저에게 힘을 내라고 속으로 얘기도 하고요. 아, 그럴 때 힘이 나더라고요. 속으로 할 수 있다고 외칠 때요. 조금은 낫더라고요. 내 마음이 평온하기를 이라고요. 내 마음이 평온할 수 있기를 바라면 제 마음이 따뜻해지더군요. 그런데 그럴 때도 있긴 했었습니다.

누나에게 들었는데, 누나 친구 동생이 대기업에 다니다가 얼마 안 돼서 그만두고 공무원 공부를 하러 서울로 갔대요. 여기서도 공무원, 저기서도 공무원, 왜 그렇게 다들 공무원이 되고 싶어 할까요? 너무 삭막한 삶이 가득 차서 그럴까요.

그럴 때 글로 써 보면 어떨까요.

힘들다.

미치도록 힘들다고.

그저 괴롭기만 했는데 요즘은 글을 쓰고 나서 눈물이 자주 맺히더라고요. 울고 싶을 땐 울어도 좋습니다. 언제부터인가 울면 안 된다는 고정관념이 생긴 것 같아요. 왜 그럴까요? 남자 아이들은 어릴 때부터 듣게 되죠. 울지 마! 울면 약한 사람이야 남자는 강해야 한다고요. 점점 울음을 참다 보면 나중에 울어야 할 때 울음이 나오지 않은 것 같아요.

제가 그랬거든요. 너무 슬퍼서 울고 싶을 때 아니, 슬프지가 않은 것 같아요. 그런데 또 괴롭기는 하죠. 마음껏 울고 싶을 때가 있는데 울어지지 않을 때 가슴속에 응어리가 하나 둘씩 생기는 것 같아요. 가슴 한쪽에 뭔가 모를 아픔의 잔재들, 웃고 있지만 쓴웃음들이요.

저는 아직도 어디를 가면 쫓기는 기분이 들어요. 빨리 가야만 될 것 같고 빨리 집으로 돌아가야만 할 거 같은 기분이 막 들어요. 요즘은 조금 덜한데 1년 전만 해도 혼자 어디를 못 갔어요. 걱정이 들어서요. 아까 말했듯이 마음 한 켠에 응어리가 있으니까요. 그냥 걱정되고, 급해지고, 슬퍼지고 그랬으니까요.

모두가 듣고 싶은 말 아닐까요? '꼭 잘하지 않아도 돼. 어쩌면 내가 제일 듣고 싶어 하는 말이기도 하지만 군이 잘하지 않아도 돼. 못하면 못하는 대로 그렇게 마음 아파할 필요 없어 제일 중요한 건 너 자신이야.' 라고.

중요한 건 온전히 너라는 것을 알았으면 좋겠어요. 나도 그렇고 너도 그렇고 행복했으면 좋겠어요. 내일도 밝게 생활할 수 있도록 오늘 밤에 기도해줄 거라고, 오늘 더 바른 생각을 적어 봤어요.

글을 쓰고 나서는 슬픔도 느낄 줄 알게 되었고요. 남들을 이해 많이 하기 위해 노력하는 것 같아요. 노력을 많이 하려고 한다는 거요. 물론 생각대로 안 될 때가 더 많아요. 그런데 글을 쓰면서 저 자신의 내면에 귀를 기울이게 되었고 감사함을 느낄 수 있는 거 같아요. 어릴 때 일기 쓰잖아요. 하루가 마무리되기 전에 마지막에 좋았다, 감사했다고 말한 게 생각나네요.

오늘 친구와 딱지치기를 하다가 많이 이겨서 좋았다고요. 그때는 어머니가 시켜서 학교 숙제여서 억지로 했던 것 같아요. 그럴 때 있죠. 하기 싫은 것 시키면 더 싫은 것. 저도 아직 진행 중이지만 글을 쓰니까 많이 사물이 달라 보이게 되더라고요. 한 번 더 생각해 보게 됩니다. 아파트에서 청소하시는 아주머니의 노고에 감사하고, 이웃 주민들에게 먼저 인사도 하고요. 아이들이 뛰어 노는 게 부럽기도 했고요. 참 많은 부분이 바뀌었어요.

제 질병에만 갇혀 있었는데……. 노력 중입니다. 세상이 아름다워지기 위해선 내가 세상을 아름답게 봐야 하잖아요. 그래서 더 노력하고 있는 것이고요. 꼭 같이 이겨 나갔으면 좋겠어요.

오늘 날이 좋으면 주위 친구들과 맛있는 음식을 사 들고 소풍도 가고 일을 할 땐 재미있는 분위기를 만들기 위해 서로 노력도 하고요. 지금 제 나이 때는 여기저기 치일 때라 힘들 텐데 우리가 바뀌었으면 조금씩 좋아지지 않을까요.

저보다 더 아픈 삶이 많다는 것을 알게 되었어요. 사람이 그렇잖아요. 겪어 봐야 안다고 글을 쓰고 책도 읽으니까 많은 사람의 이야기를 접하게 되는 거 있죠. 나보다 힘든 사람도 많구나. 아직 제 아픔을 극복한 것은 아니에요.

그런데 한 가지 느낀 것은 함께 이겨나가면 좋겠다는 생각이 들었어요. 참 성격적으로 이기적인 모습이 많았는데 참 아쉬워요. 성격상 잘 안 되는 것일 수도 있는데 참 아쉬워요. 남들이 잘되면 질투도 많이 하고요. 별것도 아닌 거 가지고 골치 아프게 여기게 되고요. 그런 사람 보면 정말 대단하다는 생각이 들어요. 목숨을 걸고 아픈 이들을 도와주는 사람들, 자기 사비로 사람을 살리는 의사들, 불이 타는 건물로 들어가는 소방관들, 수많은 따뜻한 마음을 가진 사람들이 있기에 우리가 살만한 삶을 살아가고 있는 게 아닐까요. 책을 읽고 글을 쓰니 알게 되더라고요.

인터넷으로 보면 밑에 달린 댓글들이 가관이죠. 서로 헐뜯고 비난하고 성내고. 저는 자책은 많이 해도 남을 비난하고 헐뜯지는 않아요. 글을 쓰면서 더 느꼈어요. 앞으로 더 남을 존중하자고요. 함께 읽고 쓰는 삶을 살아봅시다. 많은 게 바뀌게 될 거라고 생각합니다. 뜬구름 쫓아서 생각만 많았던 청년입니다.

어떻게 앞으로의 나날들이 펼쳐질지 몰라요.

그래도 확실한 건 있습니다. 세상에는 정말 힘겹게 사는 사람이 많다는 거요. 세상을 따뜻하게 만들기 위해 노력합시다. 아주 사소한 것이라도요. 길 위에 있는 쓰레기를 주워서 휴지통에 넣는 것이라도요.

책을 쓰고 마음의 동요가 일어났다

우선 제 모습을 직시하게 되었죠. 그저 25살 청년으로 아무것도 하지 않을 때가 많았습니다. 그저 놀기 좋아하고 부모님께 짜증 많이 내고 한탄을 많이 하고요. 병원에 다녀온 날, 의사 선생님이 휴유증이 평생 간다고 하는데, 예전 같았으면 비탄에 잠들었을 건데 오늘은 덜 슬프더라고요. 척추를 다쳐서 내려가는 신경이 다쳤기 때문에 신경이 뒤틀려 버렸죠. 아침에 못 일어나는 경우도 부지기수고요.

그저 힘들기만 했더라면 이제는 해결 방법을 잘 찾는 거 같아요. 한 번 더 생각하게 되죠. 한 번 써 보세요. 많은 게 바뀝니다. 오늘 힘들었다면 힘들었다고 적는 겁니다. 눈물이 맺힐 겁니다. 참 제가 글을 얇게 쓴 것 중에 눈물이 맺힌다고 한 글이 있는데요. 어제는 꿈에서 진짜 펑펑 울었습니다. 몇 년 동안 그렇게 울었나 싶을 정도로 슬프게 울었죠. 학교 가기 싫다고 울고 하기 싫은 일 맡으면 걱정돼서 울고요. 그런데 우는 게 나쁜 게 아니더라고요. 울고 싶을 땐 울어도 됩니다.

정말 참아야 할 땐 그렇지만 울어야 합니다. 눈물도 흘러야 사람 사는 게 아닐까요. 사고 직후 운 적이 있었나 싶을 정도로 울음을 참았던 것 같아요. 아니 흐르지 않았다고 해도 되는 것 같아요.

슬플 때, 눈물이 날 때 울기도 하고요. 슬픔이 치유되기도 했습니다. 그리고 제 모습을 직시하기 시작합니다. 정확히 제 아픔에 대해서도 알게 되었죠.

제가 있는 그대로를 이해해 주기 시작했습니다. '아프다고 슬퍼만 하는 게 아니라 어떻게 하면 더 괜찮아질까?' 라는 생각을 했는데 그중 첫 번째가 글쓰기로 내 아픔을 적는 겁니다. 내 아픔을 직시할 수 있어요. 저는 제가 적어 놓은 글을 읽어 보는데요.

그리고 의사 선생님이 완치가 안 될 수도 있다고 합니다. 그래도 이렇게 제가 강조하는 이유는 제가 아파서 너무 아파서 힘들더라도 글 쓰는 것을 멈추지 않겠다는 거죠. 그런데 요즘은요. 슬퍼하기도 하고 미소가 지어질 때도 있습니다. 누가 그럴 수도 있죠.

"울고 웃는 건 아무나 다 하는 거 아니야."

맞아요. 울고 웃는 건 모든 사람이 다할 수 있죠. 그런데 제가 바뀌었다고요. 제가 눈물이 생기게 되었다구요. 이렇게 눈물이 나지 않고 걱정만 있었던 제가 눈물이 맺히면서 따뜻한 온기가 느껴졌다는 얘기죠.

내 마음이 얼마나 아픈지 슬픈지 생각이 났어요. 그리고 주위 사람들 생각도 났죠. '어머니, 아버지가 얼마나 슬플까.' 하고요.

글 쓰는데 화려한 기교도 중요하지만 중요한 것은 진심을 다해 쓰는 게 최고라고 말해주고 싶어요. 누구에게 보여줘야 할 때는 또 다르겠지만 제 이야기를 적을 때는 누군가에게 잘 보일 필요 없잖아요. 그저 마음 내키는 대로 적는 겁니다. 그리고 저는 마지막에 행복한 순간들을 떠올립니다. 사고 후 4년간 슬픈 날이 더 많아서 항상 슬픔에만 속해 있던 제게 행복했던 기억들이 조금씩 생기고 있습니다. 어렸을 때 아버지와 함께 놀이동산 다녀온 것, 맛있는 햄버거를 먹은 기억, 예쁜 옷을 입고 기분 좋아했던 것 등 생각이 납니다.

마음속에 동요가 일어나죠. 참 제가 아쉬운 게 있었다면 제가 무언가를 모를 때는 누군가에게 도움을 줬으면 좋겠다고 정말 많이 생각했는데, 개구리 올챙이적 생각 못 한다고 제가 조금 잘해서 누군가에게 도움을 주어야 할 때 귀찮아질 때도 있더라고요. 그럴 때도 글로 적었죠. 앞으로 도움을 많이 주는 사람이 되자고요.

참 받은 게 많습니다. 친구들에게도 가족에게도 많은 사람에게요. 그렇게 받다 보면 주는 것을 모릅니다. 줄 수 있는 것도 행복입니다. 글을 쓰고 한 번 느껴보세요. 어떤 것이 변하는지 동요가 일어나길 바래요. 진심으로요.

가슴 한쪽이 아려올 때 참지 마세요. 참다 보면 저처럼 눈물이 말라버릴 수도 있습니다. 자신의 감정을 숨겨야 하는 게 심해진 우리나라에서 참 아쉬워요. 저도 제 친구도 많은 이들이요. 순간순간 식은땀도 나고 가슴이 쿵쾅쿵쾅 뛰죠. 저보다 크게 다친 분들은 어떻게 건디는지 대단하다는 생각밖에 들지 않습니다.

아플 땐 눈물도 흘리세요. 그리고 맛있는 초콜릿도 먹고요. 그럴 때 있죠. 잘 될 것만 같고 좋은 일들만 생길 것 같고 행복할 것만 같은 나날들이요. 글을 쓰면서 상상을 하게 되잖아요. 내가 하고 싶은 것 생기면서 기분이 좋아지기도 하고 슬픔이 완전히 잊혀지지는 않지만 가슴에 손을 얹고 생각합니다.

'괜찮아. 잘 될 거야.'라고요. 좋은 상상을 더 많이 하게 되죠. 저는 글을 쓰면서 멀리 여행을 가고 싶다는 생각을 많이 했어요. 탁 트인 공간에서 여유롭게 돌아다닐 수 있게요. 내가 하고 싶은 일들 순서대로 적는 겁니다. 버킷리스트처럼 하나하나 적어보는 거예요.

저는 마라톤을 나가는 게 꿈이기도 합니다. 등산도 가지 말라는 의사 선생님의 말씀이 있었음에도 얼마 전에는 등산을 다녀왔어요. 지저귀는 새 소리, 푸르디푸른 나뭇잎들, 맑은 하늘. 천천히 산을 올랐죠. 가다가 아버지와 아버지 친구 분이랑 이런저런 얘기도 하고요. 참 행복했어요. 남들이 다 할 수 있는 걸하게 되니 그만큼 좋은 것 또한 없더라고요.

독서가 이렇게 좋은지 요즘에 알았어요. 글을 쓰는 건 더 좋구요. 아마 써 보지 않으시면 전혀 와닿지 않으실 거예요. 그런데 마음이 따뜻해져요. 확실히요. 반성도 하게 되고 재미있습니다.

저는 글을 쓸 때 옆에 누가 있다고 생각하고 글을 쓰거든요. 그러니 더 재미있는 거 같아요. 수다 떨면 재미있잖아요. 산책하고 와서 느꼈던 점을 적는 것도 좋더라고요.

돌아갈 수만 있다면

건강할 수만 있다면, 한쪽 팔이 있다면 말이죠. 글을 쓰면 제가 주인공이 될 수 있어요. 아주 멋진 사람이 될 때가 있죠. 그럴 때면 걱정이 반으로 줄어드는 거 같아요. 그때 그랬다면, 그때 깨달았다면……. 그런데 그때라는 건 없어요. 이미 지난 일인데요.

한없이 후회하죠. 다들 '술 좀 줄일 걸.' '술 좀 그만 마실 걸.'이라고요.

고민이 계속 떠오르면 안 좋겠지요. 힘들었던 점, 아팠던 점을 적어보는 겁니다. 눈물이 맺히더라고요. 미치듯이 절단된 팔 쪽으로 피가 흐르는 느낌이 들기도 했고요. 가슴이 미치듯이 뛸 때도 수도 없이 많았습니다. 아직도 갑자기 우울할 때가 많습니다.

이런 제가 말하면 그러실 거예요. 우울증이 걸린 사람이 뭐 이런 얘기를 하느냐고요. 그렇습니다. 저 아픕니다. 하지만 얘기할 수 있습니다. 글쓰기로 많이 치유됩니다. 저는 시도 때도 없이 두근거린 가슴이 많이 안정되었습니다. 병원에선 그러더라고요.

신경을 맞추기 위해 교감, 부교감 신경이 오르락내리락 한다고요. 하지만 밝게 사려고 노력 중입니다. 모든 아픈 사람들이 있다고 생각하고 있고요. 그런데 힘들면 그게 잘 안 되죠? '힘들어 죽겠는데……' 라고요. 저도 그렇고요.

그래도 저는 그러려고요. 힘들 땐 힘들기도 하면서 지내려고요. 일하는 입장에서 한 가정의 가장이면서 힘듦을 업고 가고 있는 모습을 보면 대단하다는 생각밖에 들지 않습니다.

저는 그런 생각도 꿈꾸고 있어요. 서로 도와가면서 글을 쓰는 삶이요. 서로 말로는 못 했던 내용을 글로 쓰면서 서로 나누기도 하고요. 참 멋질 것 같아요. 글 쓰는 삶, 멋있지 않나요. 읽고 듣고 말하기는 잘하면서 쓰기는 잘하지 않잖아요. 참 좋은 것 중의 하나인 것 같아요. 글을 씀으로 나에 대해 알아갈 수 있고 내가 보여요. 내가 보인다고요. 슬퍼하는 내가 보이기도 하고 즐거워하는 내가 보이기도 하고 기뻐하는 제가 보이기도 하고요.

현재에 집중하는 것 같아요. 과거를 생각하기도 하면서 미래를 생각하면서 한없이 밝아지기도 하죠. 제일 좋은 것 중 하나가 행복하다는 거에요. 슬플 땐 슬퍼지고 나서 치유가 되고요. 멋진 나날을 생각하면 멋진 미래를 생각하죠. 저도 언젠가는 건강해질 생각을 하면서 운동도 꾸준히 하고 있고요. 좋은 생각 떠올리기도 많이 하고 있어요.

건강했던 때가 왜 생각나지 않겠어요? 마음껏 뛰어다니면서 축구도 하고……. 친구들과 당구장에 가서 당구 한 게임 치기도 하고요. 내기 당구요. 그런 일 있죠. 당구를 치면서 이 친구에게는 꼭 이기고 싶다는 생각이 들 때요. 가끔 친구들과 만나면 당구를 치러 갈 때가 있습니다. 그럴 때면 혼자 앉아 있었어요. 외롭게요. 친구들이 치는 모습을 보지도 않았습니다. 그럴 때면 혼자 휴대폰을 만지작 만지작 하면서 딴짓을 했죠. 이제는 그러려고요. 친구들에게 양해를 구하고 채를 잡아달라고 하게요. 팔이 없으니까 도와 달라고 하는 거죠. 얼마 전에 공을 찬 적이 있습니다. 저도 살살 찼죠.

그런데 꼭 안 차는 사람이 있죠. '같이 즐기면 좋을 텐데.'라는 생각을 간혹 가다가 해요. 당구를 치지 않은 제 모습이 딱 그 상황이더라고요. 그래서 앞으로는 같이 어울려서 함께 하기도 하고 재미있게 내기도 하고요.

글을 쓰고 이런 게 많이 바뀌었죠. 제 처지를 판단할 수 있었고 더 나은 삶을 살아가려고 행동했다는 것에 감사해요. 앞으로도 더 나은 삶을 위해 글을 계속 쓸 겁니다. 끈기도 생기고 인내도 생기더라고요. 다들 그러죠. 지금처럼만 하면 고등학생 때 좋은 대학에 갈 수 있을 거라고요.

친구 중에 그런 친구가 있어요. 경찰 공부를 하고 있는데 지금처럼 고등학교 때 공부했다면 경찰대학교에 갔었을 거라고요. 참 모든 사람이 후회하죠. 꼭 지나고 나서요.

오늘 아침에 아버지께 얘기했어요. 사랑한다고요. 말이 잘 나오지 않더라고요. 그래도 슬쩍 얘기했어요.

"아버지, 사랑해요." 라고요.

어제 강의를 듣고 실천한다고요. 참 왜 그렇게 그 말이 나오는 않는지 모르겠어요. '사랑합니다.'라는 말이요. 근데 좋은 점은 있습니다. 제가 건강했을 때는 부모님에게 전혀 감사하다는 말을 하지 못했거든요. 아니, 안 했거든요. 요즘은 감사하다고 많이 말해요.

시련은 누구나 겪을 수 있는 거 같습니다. 조금 잘났다고 자만심에 빠지게 되면 땅을 치고 후회할 때가 있죠. 내가 상대에게 마음의 상처를 주면 나중에 돌아오게 되어 있습니다. 사람의 마음을 아프게 하는 것만큼 나쁜 건 없는 것 같아요. 당연히 누군가에게 아픔을 줄 수 있죠. 그런데 고의적으로 나쁜 말을 하는 건 정말 나쁜 것 같아요. 집 앞에 큰 마트를 갈 때가 종종 있습니다. 가면 저와 비슷한 처지의 친구들이 막 짐을 나르더라고요. 그런데 위에 분 같은데 제 또래로 보이는 남자아이들에게

"빨리 빨리 안 움직여?" 라고 하더라고요.

자신도 그때가 있었을 건데 잊어버리게 되죠. 그런 말이 그래서 있는 것 같아요. '초심을 잊지 말자. 누구나 자신의 집에선 소중한 아들, 딸이다.' 라고요. 맞아요. 누구나 자기 집에선 소중한 아들, 딸이죠. 참 아쉬울 때가 있어요. 친구들이 직장 다니기가 너무 힘이 든다고 할 때요. 저도 아주 잠깐이지만 좋으신 분들과 또 환경도 좋았는데 힘들었었는데 힘든 상황에 놓여져 있는 친구들 보면 정말 대단한 것 같아요.

친구들은 저 보고 대단하다고 해요. 그런데 제가 그래요. 너희들이 더 대단하다고요. 모든 사람이 대단해요. 자신이 느끼는 힘듦이 젤 힘들어요. 그런데 주위를 둘러보면 저보다 아프신 분들은 수도 없이 많죠. 그럴 때 생각해 봐요. 우리 그래도 감사하다고요. 제 글을 읽는 분들 중에 힘드신 분들이 있을 수도 있죠. 특히 다들 그럴 거예요. 특히 저와 같은 또래 친구들은 그때로 돌아갈 수 있다면, 그러면 정말 열심히 살 거라고요. 공부도 열심히, 노는 것도 열심히, 하고 싶은 것도 열심히요. 그런데 현실적으로 참 힘들죠. 아시는 분이 그러시더라고요. 참 좋으신 분인데 그 분은 아이들에게 젊을 때 할 수 있는 것 하고 싶은 것 많이 할 수 있게 도와주고 싶다고요.

그러기 위해선 개개인의 노력이 필요한 것 같아요. 서로 도와가며 힘을 주기

도 하고요. 현재에 다들 충실하다 보면 후에 후회하지는 않을 거 같아요. 저는 참 후회되는 삶을 많이 살았어요. 매일 공부할 때도 게으름에 져버려서 잠을 자고 다음 날 후회하죠. 또 가족들에게 짜증을 내고 후회하기도 하고요.

부모님들은 항상 기다리신다고 하더라고요. 제 상황을요. 저 부모님도 저의 사고 후 기다림에 연속이셨을 거예요.

이제 느껴져요. 감사하죠. 참 저는 부모가 안 되어 봐서 잘은 모르겠지만 그 때 그러시더라고요. 제 팔이 절단되었잖아요. 어머니의 팔을 떼어서 주고 싶다고 하시더라고요. 얼마나 제가 힘들어 했으면 그런 말씀을 하셨을까 싶어요. '그때로 돌아갈 수만 있다면.' 이라고 생각했던 그때처럼 후에 지금 제가 지금 후회하지 않도록 노력해야 될 것 같아요.

그래서 글을 쓰는 이유도 있고요. 감사함을 많이 느끼죠. 가족들과 여행을 한 번 다녀오세요. 정말 좋더라고요. 저도 곧 가족들과 여행 가려고요. 좋은 경치보고 맛있는 음식도 먹고요. 힘들더라도 후에 후회 하지 않기 위해 지금 힘내요! 우리.

할 수 있을까?

팔이 없기 때문에 강박관념이 생기더라고요.

'난 팔이 없어서 안 돼. 난 팔이 없어서 여행도 못 갈 거야. 캐리어를 들고 다니지도 못 할 거고. 어떻게 매번 들어달라고 해? 안 될 거야.'

그런데 아는 분이 그러더라고요. "기차에서는 맨 뒤에 실어두면 되고 비행기는 승무원이 도와주지 않을 거냐?" 라고요. 듣고 보니 그렇더라고요.

'그냥 난 안 돼.' 라는 생각이 박혀 있었죠. '할 수 있을까? 과연 내가 글을 쓸 수 있을까?' 라는 생각을 해 보니 못할 것도 없더라고요. 한 손으로 느리지만 그냥 쓰는 거예요. 조금 부족하죠. 아니, 많이 부족하죠. 그런데 제 이야기를 써 보고 싶었어요. 그냥 제 이야기요. 그래서 치유가 되기를 바랬어요. 제 마음의 이야기를 써 보고 싶었죠. 참 많은 부분이 바뀌었죠. 생각하는 것이나 행동하는 거요. 일단 글을 쓸 때 생각을 합니다. '이런 식으로 글을 써야지.' 라고요. 키

워드를 잡아요. '할 수 있을까?'에 대해 쓰려고 한다면 제가 힘들었던 점, 못 한다고 생각했던 점, 생각나는 단어들을 적고 살을 붙여가죠. 그러다가 생각나는 게 떠오를 때가 있어요. 그럴 땐 좋아요. 생각이 나면서 과거에 후회했던 점, 기분 좋았던 점을 생각하게 되죠.

잘못한 것은 고치려 하고 잘한 것은 유지하려고 하죠. 잘 못한 적 없는 사람은 없을 거예요. 길 가다가 쓰레기를 아무 곳에나 버린다던지, 험한 말을 했다던지요. 무심코 던진 돌에 개구리가 맞아 죽는다는 말 있잖아요. 저도 그런 적이 있어요. 그냥 같은 반 여자아이에게 "공부 좀 해라!" 라고 말했더니 울더라고요. 저는 왜 우는지 몰랐는데 알고 보니 저 때문이었어요. 저의 그 말 한 마디로 누군가를 슬프게 할 수 있다는 걸 느꼈어요. 참 아프죠. 누군가에게 잘못했던 점이요. 누군가는 절 싫어할 수도 있는 건 당연한 얘기인데 최소한 예의는 지켜야죠.

자신이 조금 잘났다고 아무 말이나 막 말하는 사람은 벌 받을 겁니다. 아픈 사람은 비수가 꽂히죠. 누가 그러더라고요. 네가 하는 만큼 돌아온다고요. 정말로 그렇더라고요. 저에게 그대로 돌아와요. 아픔이요. 내가 남에게 상처를 줬으면 그만큼의 결과가 돌아오죠. 그런데 아무 신경 안 쓰는 사람도 있더라고요.

남들이 뭐라하건 자기는 상관없다고요. 그런데 그 사람 곁에 이제는 많은 이들이 떠나가더라고요. 저랑도 참 친했던 사람 친구였는데 저도 이제는 마음이 안 가더라고요. 주위 사람들이 힘들어 하니까요. 참 말이라는 게 중요한 것 같습니다. 말 한 마디로 천 냥 빚을 갚는다고 하잖아요. 말 한 마디로 사람을 울리게도 웃기게도 하죠. 꼭 한 번쯤은 뒤돌아보세요. 글을 쓰면서요. 내가 누군가에게 혹 엄청난 실수를 하는 건 아닐 거라고요.

저는 술을 안 마십니다. 약 때문이기 때문에 안 마셨지만 오히려 지금까지 안 마시니까 좋더라고요. 실수도 줄고 무엇보다 누군가를 험담을 잘 안 하게 되더라고요. 한 번 더 생각하고요. 누군가를 이해하려고 노력하죠.

과연 '할 수 있을까?' 라고 생각했던 저인데 조금씩 바뀌어가는 제가 참 좋았어요. 아직 많은 걸 경험해 보지 못했지만 읽고 쓰는 삶으로 많은 걸 배웠던 거 같아요.

앞으로도 꾸준히 실천해 나갈 겁니다. 참 감사하죠. 꼭 그러시길 바래요. 내가 좋아하는 걸 찾는 거요. 아시는 분이 그러시더라고요. 내가 몰입할 수 있는 것을 찾으라고요. 그러면 힘들 때 훨씬 괜찮다고요. 그 말이 맞는 것 같아요. 제 스트레스를 풀 수 있는 게 있으면 확실히 덜 힘들더라고요. 저는 제약이 많죠. 다리가 좋지 않아서 격한 운동도 못하고요. 두 손으로 하는 것도 못하죠. 그런데 할 수 있는 것이 세상에 많더라고요.

꼭 거창한 취미가 필요한 건 아닌 것 같습니다. 그저 친구들과 삼삼오오 모여서 농구를 하는 것도 좋고 웬만하면 생산적인 활동을 하는 게 더 좋은 것 같아요. 취미로 기분을 좋게 만들어야 하는데 화가 나면 안 되잖아요. 산책도 좋고요. 사색을 즐기면서요.

오늘 아침에도 산책을 다녀왔어요. 좋더라고요. 지나가다 비둘기를 보기도 하고 비둘기를 동대구역에서 많이 봤던 기억도 새록새록 났고요. 참새가 지저귀는 소리 아침이라 참 시작을 하는 기분이 좋아지더라고요. 벼가 익어가면서 노랗게 보이기도 하고 좋더라고요. 참 좋았어요. 아침을 그렇게 시작하니 하루가 상쾌하더라고요.

저도 할 수 있을까 싶은 걸 다들 하고 계시잖아요. 대단해요. 과중한 업무를 하고 혹 영업사원이면 사람과의 관계에서 스트레스도 받을 거고요. 가족들을 이끌어 가야 할 막대한 짐을 가지고 있기도 하고요. 다들 잘하고 있습니다. 멋져요.

어릴 때는 아버지들이 무슨 일을 하는지 몰랐고 어떻게 돈을 벌어오는지 몰랐는데 나이가 조금 드니 우리 아버지들은 참 대단한 것 같아요. 아버지들은 지금의 저희보다 훨씬 힘든 점이 많았죠. 정말 하루하루 버티신 분들 멋져요.

그런데 적당한 음주는 좋지만 스트레스를 술로만 풀지 않으셨으면 좋겠어요. 기분을 좋게 만들어 주지만 결국은 안 좋은 거잖아요. 건강에도 안 좋아 혹 술 많이 마시면 다음 날 머리가 정말 아프죠. 막걸리를 먹었던 생각이 납니다. 다음 날 머리가 얼마나 아픈지 생각만 해도 싫네요. 그 당시에는 술을 안 먹어야지 하고 했는데 또 먹고 있더라고요. '한 잔만, 한 잔만 더 마셔야지.' 하다가 또 어느새 마시고 있는 제가 보이죠. 친구들이 그래요. 담배는 끊어도 술은 못 끊겠다고요.

강한 의지가 아니면 끊기가 어려운 거 같아요. 다른 일을 할 때도 의지가 정말 중요하죠. 타고나는가 싶어요……. 제가 공무원 공부했던 시점에 강사 선생님께서 하셨던 말씀이 정말 각오를 다잡았대요. 빚이 너무나 많을 때도 중심을 잃지 않았다고요. 보통 사람들은 상상도 하지 못할 일이죠. 그런데 그 빚 다 갚으셨대요. 그렇게 대단한 사람들이 다 될 수는 없잖아요.

그저 생활하는 데서 조금의 의지가 더 필요한 것 같아요. 영어공부를 하겠다고 마음먹으면 하루에 조금이라도 영어공부를 하는 거요. 참 대단한 분들 우리나라에 많아요. 그런데 꼭 건강 챙겨가시면서 목표한 바를 이루세요. 정말 공부를 열심히 해서 사법고시에 합격했는데 뇌출혈로 쓰러진 분이 있더라고요. 조금 더 나은 삶을 위해 악착같이 공부했지만 돌아오는 결과는 슬프죠.

어쩔 수 없이 해야 될 때는 해야 하지만 건강이 최우선입니다. 제가 아파보니 그래요. 그냥 걸을 수만 있다고 생각했던 제가 건강했을 때는 잘 모르죠. 자신이 겪어봐야 한다는 말이 제일 와닿더라고요. 글을 쓰고 제일 와닿았어요. '걸을 수 있다면.'이라고 생각하면 행복해지죠. 글을 쓰면 그게 더 잘 느껴집니다.

내가 하고 싶은 걸 표출하는 거잖아요. 예를 들면 아주 멋진 배를 타고 크루즈 여행을 하며 배에서 터지는 폭죽을 보기도 하고요. 좋아하는 사람들과 파티를 하기도 한다고 생각하면 저절로 입가에 미소가 지어지죠. 버킷리스트를 만드는 것처럼요. 글로 자신이 원하는 것을 써 보세요. 저는 쓴 것 중에 번지 점프하기도 있어요. 생각만 해도 아찔해요. '내가 할 수 있을까? 라고요. 그런데 꼭 한 번 해 보고 싶어요.

할 수 있다고 마음을 먹으면 더욱 쉽게 할 수 있는 것 같아요. '할 수 있을까?' 라고 생각했던 것들을 하고 계시는 분들 많잖아요. 두 팔, 두 다리가 없는데 수영하시는 분, 두 다리가 없이 로봇 다리로 클라이밍을 하시는 분, 우리가 쓰는 컴퓨터 인공지능 다 사람이 만들었잖아요.

'할 수 있을까? 라는 말을 입에 달고 살았던 저 바꾸려고요. 많은 것들이 바뀔 것 같아요. 앞으로요. 글을 쓰니 많은 것들이 바뀌고 있어요. 좋은 사람들도 만나서 좋은 에너지도 얻고요. 해결 방법들을 찾기도 하고요. 해결 방법을 더욱 잘 찾는 건 좋은 것 같아요. 누가 그러더라고요. 책을 많이 읽으면 갑자기 제 안에서 정약용 선생님이 답을 알려 줄 때도 이이가 얘기를 해주기도 한다고요. 저는 겪어보지 않아서 잘 모르지만 정말 그런 분들이 있다고 하네요.

꼭 한 번쯤 대소설을 한 번 읽어보고 싶어요. 그러면 보잘것없는 제가 더 초라해지겠지만 한층 저 자신이 성장할 것 같아요. 책을 읽고 쓰기를 더 많이 하고 싶어요. 제 문제가 명확히 보인다는 점 완전히 해결은 안 돼도 좋은 우선 책을 찾을 수 있을 거 같다는 생각이 듭니다.

제2장
글쓰기의 힘

슬프다

시도 때도 없이 우는 건 좋지 않지만 한 번씩 가슴 탁 터놓고 우는 것만큼 자신의 아픔을 치유해주는 것도 없는 것 같아요. 슬플 때 울 수 있고 가슴에 있는 응어리를 탁 놓고 싶어요.

대학만 가면 행복할 줄 알았습니다. 그런데 그런 건 아니더라고요. 대학만 가면 모든 게 다 해결될 줄 알았습니다. 처음엔 좋았죠. 놀러도 다니고 친구들과 밤새워 놀기도 하고요. 또 술도 마음껏 마시기도 하고요. 그런데 어디를 가든 어떤 일을 하든 힘든 점은 있기 마련이죠.

꼭 좋은 일들만 일어나는 건 아닙니다. 슬플 때도 즐거울 때도 있는 거죠. 참 힘든 시기에 함께 할 수 있는 사람들이 있음에 감사하더라고요. 얼마 전부터 슬픈 얘기를 들으면 눈물이 나기도 하고요. 감정 근육이 말랑말랑해진 것 같습니다.

힘들었던 점을 적기도 하고요. 하고 싶은 일을 적기도 하고요. 그러면 가슴이 벅차오릅니다. 앞에서도 말했지만 하고 싶은 일을 하나둘씩 적어보는 겁니다. 친구와 바닷가에 가서 수영하기 재미있는 영화 보기요. 저는 글을 쓸 때 제 모습을 떠올립니다. 우리나라 일주를 하는 모습을요. 가슴이 벅차요. 우리나라 곳곳을 다닌다는 생각을 하니까요. 기차에서 좌석 사이로 지나가는 음식 카트에 놓여 있는 잘 구워진 오징어를 사서 친구와 나누어 먹기도 하고 시답잖은 얘기를 나누며 서로 웃기도 하고 휴대폰에 저장된 가슴 벅차오르는 노래를 같이 들으며 창밖을 구경하기도 하고요.

가슴 설레입니다. 생각하니까요. 좋은 생각 있지요. 내가 정말 하고 싶은 일을 떠올리면 행복하죠. 일도 그래요. 정말 부러운 분들이 자기가 정말 하고 싶어 하는 일을 열정을 가지고 하시는 분들 보면 부러워요. 천직이라는 거 있죠. 그런데 그만큼의 노력이 있으니 그런 것도 있는 것 같아요. 정말 자신이 좋아하는 것을 찾으면 어떠냐 싶어요.

우리가 각박한 삶을 살고 있잖아요. 그래도 글을 쓰니 많은 것이 바뀌었어요. 조그만 것에 감사도 하고요. 할 수 없는 것도 많죠. 그래도 할 수 있기를 바래요. 저는 그래서 조금씩 나아갔으면 하는 바람이 커요. 누군가와 서로 자신의 힘든 점을 얘기하면서 나누기도 하고 실패하기도 하겠죠. 그럴 땐 오뚝이처럼 벌떡 일어날 수 있었으면 좋겠어요.

회복 탄력성이 높은 분들을 보면 참 부러운 게 많습니다. 자신의 힘든 점을 금방 훌훌 털어버리고 정상 궤도로 돌아오죠. 그럴 때면 부러워요. 그런 분들이요. '나는 왜 그렇게 못했을까.' 라고요. 꼭 우리 힘냅시다. 할 수 있다고요. 제가 이런 말 할 자격은 안 되지만 우리보다 훨씬 힘든 이들을 생각하자고요.

힘들어서 너무 힘들어서 이겨낼 힘도 없는 분들이 있는데 우린 적어도 그렇진 않잖아요. 혹 그런 분들이 있다면 도와주시는 건 어떨까요. 내가 그런 상황이 되면 누군가 도와주었으면 좋겠다는 생각하잖아요.

　그분들도 절실히 바라고 있을 수도 있어요. 누군가의 따스한 손길을요. 도와 달라고 뻗은 그 손을 뿌리치는 것만큼 나쁜 건 없어요. 역지사지로 내가 힘들 었을 때를 생각해요. 저는 참 어머니에게 혼나고도 울었던 적이 있었어요. 중학교 땐 옷을 사고 싶어서 인터넷 쇼핑몰로 검색하고 사게 되었죠. 어머니 몰래요. 걸려서 혼나는데 울기도 했어요. 그리고 어릴 때 눈 나빠진다고 오락 기계 앞에 앉아 있지 말라고 했는데 오락 기계 앞에 앉아 있다가 걸려서 혼난 적도 있고요. 제 인생에서 제일 큰 잘못이 아주 잠깐 담배를 피웠다는 거예요. 그때가 생생히 기억이 납니다. 친한 친구들이 담배를 피워서 저한테 권하길래 몇 개피를 피웠던 적이 있어요. 그렇다고 어머니에게 걸려서 시험이 끝나고 놀러 가는데 어머니께서 그러시더라고요. "당장 뛰어와!" 라고요. 예감이 들었죠. '아 어머니가 아시게 되었구나.' 라고요.

　그때 정말 다시는 담배를 피지 않을 거라고 다짐했죠. 그 후로도 몇 번의 유혹들이 있었지만 단 한 번도 입에 대지 않았어요. 그런데 담배를 피워서 내 스트레스가 풀리면 펴도 된다고 생각해요. 저도 스트레스를 풀고 싶은데 마땅히 풀 만한 게 없었어요. 근 몇 년 동안요. 속은 문드러져 가는데 너무 힘들어서 침대에 누워 오만가지 생각은 다 했던 것 같아요. '계속 이러면 어쩌지.'하며 공부를 시작했는데 학원에 가지를 못했어요. 힘들어서요. 요즘도 참 아침에 일어나는 게 너무나 힘듭니다. 눈이 안 떠질 때가 많죠. 그래도 생각하고 있어요. '나는 글을 쓰는 사람이다. 할 수 있다.' 고요. 어느 정도 회복 탄력성이 많이 올랐어요.

　한 번씩 그럴 때가 있어요. 주말이 있는데도 나에겐 휴식할 시간이 없다는 생각이 들 때요.

슬플 땐 슬픈 영화도 보세요. 슬퍼하기도 하고요. 아파하기도 해야죠. 슬픈 영화를 보고 한없이 우울하기도 하고요. 눈물도 흘렸으면 좋겠어요. 딱 그날만요. 마음속에 있는 응어리들, 지내오면서 차곡차곡 쌓여 있는 가슴 깊숙이 자리 잡은 아픔을 탁 놓아버리고 싶어요.

과거의 추억을 회상하는 것은 참 좋지만 아픈 기억들을 조금 놓아주어야 새로운 좋은 기회들 행복한 일들이 내게 올 때 내 품에 품을 수 있는 것 같아요. 내가 가지고 있는 게 너무 많으면 모든 걸 다 할 수는 없잖아요.

두 손에 많은 것을 쥐고 있으면 더 못 쥐듯이 놓아주는 것도 필요한 것 같아요. 꼭 할 수 있다고 생각은 하지 않지만 너무 많은 짐을 가지고 갈 필요는 없지요. 제 블로그 이웃분들은 비움 프로젝트를 하시더라고요. 필요 없는 것들을 버리는 일을 하더라고요. 저도 집에 버릴 것이 참 많습니다. 그리고 무엇보다 생각도 많죠. 그런 분들 보면 부러울 때도 있어요. 모 아니면 도, 딱 좋아하고 싫어하는 게 있어서 내가 내키지 않으면 하지 않는 분이요. 저는 그렇게 잘하지 못하거든요. 싫어도 남들이 하자면 했고요. 집에 가고 싶어도 친구들이 잡으면 '그래, 친구들과 조금만 더 있어주지.' 라고 하고 그 자리에 있곤 했습니다. 참 제 주관이 없었죠.

그런데 글을 쓰고는 제 삶의 주인이 되려 노력하고 있습니다. 슬픔도 느끼고 있어요. 괴로움과는 다르죠. 서로 공감도 해주고 제가 힘든 점을 얘기도 하고요. 꼭 가슴 속에 있는 눈물을 펑펑 쏟아내고 싶어요. 이 글을 읽고 있는 많은 분들도 저와 같은 생각을 가질 수도 있겠다는 생각을 합니다. '오늘 하루 어땠나?' 라고 생각하며 기뻐하기도 하면서 그리고 마무리는 항상 기분 좋게 잘 될 것만 같다고 생각하며 하루를 마무리하는 것 어떨까요. 어느 순간 눈물이 나지 않는다고 말했잖아요.

남자라서 별것 아닌 거에 우는 건 아니어도 제 감정 근육이 말랑말랑해졌으면 좋겠어요. 그래서 제 마음이 넓어져서 많은 이들의 마음을 품어 주기도 하고 서로 힘든 점을 얘기해서 더 나은 방향으로 흘러갈 수 있게 제 주위 사람들과도 많은 걸 나누고 싶어요.

혼자 사는 거 아니잖아요. 내가 사랑하는 사람들의 아픔도 같이 느껴줘서 힘듦을 반으로 줄어들게도 해주기도 하고 내 힘듦을 누군가가 함께 짊어질 수 있다고 생각하니 한층 더 좋습니다. 여러분들도 꼭 사랑하는 사람들의 마음을 알아줘서 힘들 때는 서로 의지하고 기쁠 때는 한없이 기뻐할 수 있게 도와주었으면 좋겠어요. 꼭 함께 이겨 나가요. 그리고 꼭 글을 써 봐요. 힘들면 힘들다고요. 좋으면 좋다고요. 그러면 내 마음의 소리가 들릴 거예요. 쉬어가라고 몸이 반응할 수도 힘을 줄 수도 있는 것 같습니다.

실없이 웃기도 하고

웃음을 어떤 포인트에서 웃어야 할지 잊어버렸습니다. 슬프니까 힘드니까 웃는 것을 잊었습니다.

정말 표정이 없어졌습니다. 웃음도 안 나고요. 입꼬리가 올라가지 않았습니다. 굳어서요. 너무 웃음이 나지가 않아서 사는 게 버거웠습니다. 온종일 슬픈 생각만 하고요. 온종일 안 좋은 생각만 했죠. 친구들과 놀러 가도 걱정이라는 생각을 하고 나니 정말 더 걱정이 많아졌습니다. 아직도 마음 한편에 불안 걱정이라는 친구가 있습니다. 불쑥불쑥 찾아오죠. 솔향기가 피어오르듯이 올라와요. 정말 재미있게 놀다가도 빨리 집에 가야만 될 것 같고요.

산책하러 가다가 금방 돌아오던 때가 많았습니다. 아쉬웠죠. 얼마나 걱정이 많았는지 생각도 안 날 거예요. 저 조차도 가늠할 줄 몰랐으니까요. 슬프죠. 참 산책도 마음대로 못 가는데요. 혼자 있을 때면 커튼을 쳐 놓고 누워 있었습니다. 웃음이란 것이 있을 수 없었죠.

웃음을 잃은 사람을 보면 참 안타까워요. 제 생각이 나거든요. 웃음을 잃었던 제 모습이요. 사람이 살아가는 데 없어서는 안 되는 것 중 하나가 웃음인 것 같아요. 그런 친구 인기가 많잖아요. 남들 잘 웃게 해주고 유머감각이 있는 친구요. 친구 중에는 그런 친구들이 있어요. 자신의 못난 점도 드러내 보이면서 웃겨 주는 친구요. 저는 잘하지 못하거든요. '남에게 조롱거리가 되면 어쩌지.'라고요. 그런데 조금 조롱거리가 되면 어때요. 남들은 금방 잊어버리는데요. 한 번은 실수를 크게 한 적이 있어요. 놀러 가는 데 제가 늦어버려서 너무 죄송하다고 말한 적이 있어요. 제대로 씻지도 않았죠. 너무 창피해서 지인 분들 얼굴을 못 쳐다보겠더라고요.

그런데 지인 분들께 나중에 그런 말을 했습니다. 죄송하다고요. 그런데 하시는 말이 "그때 그랬어? 기억나지 않는데?" 라고요. 저는 그렇게 걱정했는데 제 모습을 기억하지 못하더라고요. 그냥 조금은 제 자신에게 '괜찮아. 별것 아니야.'라고 되뇌는 것도 참 좋은 것 같습니다.

친구들은 자신이 망가지는 게 두렵지 않다고 하더라고요. 누군가의 흉내를 내기도 하고 자신의 못난 모습을 드러내 보여서 잠깐 웃음거리가 되어도 금방 '별것 아니야.'라고 생각하더라고요. 저도 그러려고 노력하고 있어요. 저번에 상담 받을 때 선생님께서 그러시더라고요. 자신의 못난 모습도 인정해 주는 사람이 진정한 친구라고요.

배우자를 택할 때도 저를 포용해 주는 그런 사람을 만나라고 그러시더라고요. 참 말로는 쉽죠? 모든 분이 다 그럴 수도 있으면 어떨까 싶습니다. 아는 형님 중에 그러더라고요. 성격은 안 바뀐다고 후에 느꼈어요. 안 바뀌는 사람은 죽을 때까지 안 바뀔 수 있다고요. 그러더라고요. 내가 정말 좋아하고 사랑하는 사람이 잘못된 길을 가거나 바꾸었으면 좋겠다는 생각이 들면 바꾸어야 한다고 생각하지만 내가 하고 있는 게 참 좋고 도와주고 싶어도 그 사람이 마음 내키지 않으면 굳이 바꾸려고 엄청나게 노력할 필요는 없는 것 같아요.

죽을 때까지 안 바뀌는 사람이 있고 '내가 이거 해봤으면 좋겠어.'라고 해도 제가 좋아하는 게 상대방은 내키지 않을 수도 있고 제가 도와줬는데 상처를 받을 수도 있고요. 앞에서도 말했듯이 남들은 그렇게 신경 쓰지 않는 데 말이죠. 생각은 누군가에게 잘해주고 싶지만 혹 그 사람이 날 밀치면 어쩔까 싶어서 다가가기가 힘들었던 때가 많습니다.

누군가를 바꿀 수 있다는 점은 참 좋지만 그만큼의 인내 고통이 수반되는 것 같아요. 제가 열심히 도와줬는데 상처만 받았던 적도 있고요. 친구들과 약간의 불화도 있었던 적이 있습니다. 그런데 한 가지 깨달은 게 있습니다. 내 마음이 그 사람을 나쁘게 할 마음이 없으면 결국엔 알아주더라고요. 저의 마음을 알아준다는 거요.

저는 싸운 적이 거의 없습니다. 저를 어떻게 생각할지 몰라도 적어도 친구들에게 운동하자고 한 번 모이자고 얘기할 친구들이 있습니다. 이번 추석 때 얘기하려고요. 친구들에게 오랜만에 공놀이를 하자고요. '나는 못 뛰니까 그냥 공만 만질게.'라고요. 참 제가 이기적인 면도 있지만 그렇게 나쁘게 생활하지는 않았나 봐요. 그렇게 친하지는 않지만 함께 운동할 수 있는 친구가 있음에 감사한 것 같아요. 친구들끼리 그런 말을 해요. 같이 운동하고 싶다고요. 고등학생 때부터 운동을 하던 친구들이 있었는데 그 친구들과 함께 운동할 생각하니 기분이 좋네요. 친구들과 함께 하면서 물 한 모금 먼저 먹으려고 했던 점, 행복해했던 점을 떠올리면 그때 그렇게 사소한 것에 행복할 수 있었던 것이 그리울 때가 있어요.

시험 기간 때 공부하다가 쉬는 시간에 빵 사 먹으러 다녀온 점, 서로 스포츠

웨어를 자랑했던 점 다 생각이 나요. 글을 쓰면서 소소한 행복이 느는 거 같아요. 이렇게 예전 추억을 생각하면서 눈물이 맺히기도 한답니다. 친구와 장난치면서 도망가는 친구를 잡으러 가던 적이 떠오르네요. 아쉬운 점은 공부를 그렇게 열심히 하지 않았다는 점이 아쉬워요. 그래도 100세 시대에 아직 우리가 아쉬워 하긴 이르잖아요.

노래를 들으면서 글을 쓰면 행복해요. 한 번씩은 노래를 들으면서 글을 쓰고 있어요. 제가 제일 좋아하는 노래로요.

제 상황에서 슬프기도 해요. 저도 이 악몽 속에서 꺼내 달라고 기도했거든요. 노래도 글도 누군가의 마음으로 나온 거잖아요. 누군가의 가슴 아픈 사연일 수도 있고 좋았던 점을 얘기도 하고요. 어떨 땐 제 마음을 투영하기도 한답니다. 마치 제 이야기 같기도 해서요. 나와 같은 생각을 하는 삶도 있다고 안도하기도 하고요. 상처를 이긴 사람을 보면 나도 이길 수 있다고 생각하기도 하고요.

서로 공감하면서 실없이 웃기도 하고요. 울기도 하면서요. 꼭 거창한 게 아니어도 돼요. 가족들과 함께 밥을 먹으면서 웃기도 하고 글을 쓰면서 행복해 하기도 하면서 앞날을 활기차게 생각했으면 좋겠어요.

저는 몸이 아주 건강해졌습니다. 어떻게 보면 약으로 제 아픔을 억누르고 있다는 말이 맞을 수도 있는데요. 약을 안 먹으면 생활이 안 되니까요. '약을 계속 먹어야 될까?' 하는 생각으로 힘들어 하고 있는데 부모님이 그러시더라고요. 약을 먹고 괜찮아지면 약을 먹는 게 맞는 것이라고요.

아파서 생활을 못 하는데 먹어야 하지 않냐고요. 그래서 먹고 있습니다. 어쩔 수 없지만 좋게 생각하려고요. 약을 먹고 괜찮아지면 먹어야 한다고요.

행복을 느껴 내 모든 것이 바뀔 수도 있죠. 웃음이 많아지면 더할 나위 없이 좋을 것 같아요. 힘든 시기도 더 빨리 이겨 낼 수 있게요. 기분 좋게 생활하자고요. 힘들기도 포기해버리고 싶기도 하지만 중심을 잘 잡고 싶어요. 때론 울어도 보기도 하고 웃기도 하고요. 웃는 것 좋잖아요. 에너지가 막 생기는 거 같아요. 이겨 낼 힘이요. 꼭 거창한 즐거움이 필요한 거 아니에요. 소소한 행복을 느끼면 느낄수록 더 좋은 것 같아요.

항상 감사함을 얘기하는 친구들이 더 좋은 기회를 얻는 것 같아요. 벌써 책을 쓴 친구도 있고요. 성공 아닌 성공을 한 친구들이 있어요. 그런 친구들을 보면 세상에 감사하는 걸 볼 수 있죠. 유머도 가지고 있고 조금의 창피를 당해도 '괜찮아.' 하고요.

온전히 그럴 수는 없지만 노력할 거예요. 할 수 있다고 생각할 겁니다. 앞으로 제 인생이 어떻게 흘러갈지 모르겠지만 금방 이겨낼 수 있도록 내면의 힘을 강하게 만들고 싶어요. 책을 읽기도 하고 글을 쓰기도 운동하면서요.

앞으로의 걱정이 조금은 덜해졌다

걱정 중 대부분이 별것 아닌 것 같아요. 학년을 진학하면 '어떤 선생님이 담임 선생님이 될까?' '누가 보고 뭐라 하면 어찌지?' 라고요. 누가 길 가다가 나보고 '팔이 없다고 뭐라 하면 어찌지?' '전에 싸운 친구랑 거리에서 마주치면 어찌지?' 라고요. 길 가다가 누군가를 만날까봐 둘러서 가고 그랬던 것 같아요.

제 팔을 보고 가슴 아픈 때가 많았다고 해야 맞는 말이겠죠. 마음을 다잡으려고요. 하루가 기분이 좋은 날은 다음 날 일어나기가 쉽더라고요. 아침에 일어나기가 힘들 때가 많아요. 의사 선생님께서 그래요. 힘들 수도 있다고요. 그렇게 생각해요. 그냥 조금 아픔을 놓아 버리자고요. 그러면 조금 낫더라고요. 그리고 산책하러 가고 좋아하는 TV도 보고요. TV 보면 재미있잖아요. 그냥 개그 프로그램을 봐도 되죠. 얼마나 웃긴지 몰라요. 참 대단한 것 같아요. 자신의 창피함을 무릅쓰고 웃겨주는 거잖아요.

꼭 좋은 일들만 생기는 건 아닙니다. 생각해 보면 힘들 때도 생기고 걱정할 때도 생기죠. 그럴 때 자신만의 스트레스 해소법을 찾는 게 중요한 것 같아요. 저는 글을 써요. 참 재미있어요. 돈이 드는 것도 아니고 건강이 나빠지는 것도 아니죠.

오늘 어머님, 아버님들과 함께 듣는 컴퓨터 수업 3D 프린터 수업을 듣고 왔어요. 만들기도 하고 오려 붙이기도 하면서 시간을 보냈어요. 몇 주간 수고했다고 수업 듣는 누나, 아저씨, 어머님들과 중국집에 가서 자장면을 먹었어요. 맛있더라고요. 그런데 가슴 한쪽엔 불안한 마음이 있어요. 쓸데없는 걱정이요. 저도 왜 이러는지 정말 답답해요. 놀러 가도 걱정이 많죠. '안 좋은 연락 오면 어쩌지.'라고요. 그런데 좋지 않은 연락은 거의 오지 않더라고요.

혹 연락이 오더라도 별것 아닐 때가 많고요. 지금 글을 쓰는 이유도 제가 걱정돼서 쓸 때가 있어요. 참 걱정이 많을 때 그냥 써요. '걱정된다. 왜 걱정이 될까?' 한 둘씩요. 처음에는 정말 힘들었죠. 침대에 그냥 몸이 저절로 갑니다. 무기력해서요. 누워서 휴대전화가 울리면 손도 가지 않아요. 힘이 없어서요.

누워서 힘이 쭉 빠져 버리죠. 저번에는 큰아버지 집에 가서 친척들과 마실을 나갔는데 걷는 데 힘이 없어서 한 걸음, 한 걸음 떼기가 힘들더라고요. 아마 겪어보지 못하면 모르실 거예요. 얼마나 힘이 없는지, 힘이 없어서 어머니와 큰엄마께서 고동을 잡으러 계곡으로 들어갔는데 저는 얼마나 힘이 드는지요. 그렇게 힘이 빠진 건 또 처음인 것 같아요. 그리고 일을 쉬기로 하고 질병 휴직계를 내면서 그날 병원을 다녀왔는데 얼마나 힘이 빠지던지요. 그 상태로 얼마 전 까지 힘이 빠졌었어요. 아직도 힘들고요. 그런 생각을 수도 없이 해요.

'나보다 힘든 사람은 수도 없이 많다. 나는 아무것도 아니야. 감사해야지.'

의지가 참 약한 것 같아요.

나는 강하다.

나는 작가다.

감사하다.

이 세 가지는 꼭 명심하려고 하고 있죠. 그래도 잘 안 돼요. 그런데 글을 쓰고 나서부터는 이렇게 제게 이야기를 하게 됩니다. '별것 아니야. 힘내자.' 이렇게요. 끊임없이 되뇌어요. 그리고 참 좋았던 게 글을 쓰면서 많은 이들의 이야기를 생각하기도 하고 글을 읽으면서 지혜도 얻게 되고 글을 쓰면서 '나보다 힘든 사람들도 많구나.' 얘기는 한 번도 해보지 않았지만 힘이 되기도 하고요. 짠할 때도 있어요. 나도 그럴 때가 있었는데 혹 블로그를 하시면 힘도 주고 싶고요.

제가 얼마나 힘들었는지 아니까 도움 드리고 싶기도 하고요. 가슴이 참 아픕니다. 저도 또 저와 비슷한 처지를 겪고 있는 분들도요. 함께 이겨나가고 싶어요. 너무 글을 쓰는 게 안 된다면 블로그에 글을 써 보는 거예요. 저번에 TED 강의를 들었는데요. 케냐에 사는 분일 거예요. 자신이 간질 환자임을 밝히더라고요. 그래서 힘들었던 점 슬펐던 점들을 블로그에 적기 시작했대요. 그러니 많은 것이 바뀌었대요. 힘듦이 많이 줄었다고요. 힘을 주시는 이웃들 덕분에 하나둘씩 힘들었던 점이 적어지고 또 덜어내지기도 하고요.

그냥 일상을 적으셨다고 하시더라고요. 힘들었던 점, 언제 쓰러졌는지 등이요. 저는 모든 점을 다 적으라는 말을 한 것이 아니에요. 그냥 이야기하는 거죠. 내가 힘들었다고 그러면 내 안에 있는 슬픔이 밖으로 나오는 거 같아요. 그리고 지인 분들이 힘내라고 하면 힘이 나요. 저는 아직 블로그 이웃 분들이 많이 있지는 않아요. 그런데 그 이웃 분들의 응원 한 마디, 한 마디가 힘이 돼요.

'찬 작가, 힘내요. 공감해요. 고마워요~ 힘이 나요~'

라는 말을 써주시면 저도 모르게 힘이 날 때가 많아요. 혼자 모든 짐을 떠맡고 살아가기란 힘들 것 같아요. 같이 함께 도와가면서 즐기면서 살아가고 싶어요. 아시는 아버님이 그러더라고요. 나 자신을 못났다고 생각하지 말라고요. '내가 세상에서 제일 멋지다.' 라고 생각하라고요. 이 세상에는 나 하나밖에 없다고요. 많은 경험을 하시고 하는 말씀이실 거예요. 아버님은 요즘 더 바쁘시다고 하시더라고요. 젊었을 땐 돈 번다고 시간을 많이 썼다면 요즘은 배우러 다니는데 많은 시간을 할애한다고요. 3D 프린터도 배우시고요. 파워포인트도 배우시고 스포츠 댄스도 배우셔요. 오늘도 발표회가 있어서 연습하고 리허설 한다고요. 그래도 유머는 잊지 않으셔요. 농담도 하시고 가시더라고요.

제 자신이 제일 소중하다는 말, 확실히 맞는 거 같아요. 그리고 모든 사물은 제가 보는 거잖아요. 누구는 매일 보는 눈 때문에 미치겠다는 사람이 있는 반면 누구는 그 눈을 보고 싶어서 기다리죠.

사람이 상대적이지만 이왕이면 세상을 아름답게 보았으면 좋겠어요. 슬플 땐 슬프게 울기도 하면서요. 선생님께서 그러시더라고요. 슬플 땐 울라고요. 그런데 그날만! 그 날만! 울라고요. 그리고 또 힘차게 살아가라고요. 어찌 다 그럴 수는 있겠냐 싶겠지만 마음 한쪽에 몇 가지는 중심을 잡으셨으면 좋겠어요.

'감사, 사랑, 중심……'

등등이요. 그러면 한결 나아져요. 내 중심을 지키면서 생활하는 것과 아닌 것에 차이가 큰 것 같아요. 저는 딱 술을 안 먹겠다고 하니 안 마시게 되더라고요. 솔직히 마시고 싶을 때 많죠. 그래도 참아요. 한 잔 마시면 또 마시게 되고 한 잔이 두 잔이 되고 그렇게 될까 봐요. 친구들과 얼마 전에 밤에 만났는데 술을 시켰어요. 수입 맥주를 먹게 되었는데 한 모금만 먹어보라고 해서 먹었는데 맛있더라고요. 그다음엔 안 먹겠다고 했어요. 어떨 땐 취하고 싶기도 하고 포기하고 싶을 때도 수도 없이 많지만 힘내려고요. 글을 쓰면서 중심은 잡았어요. 가지를 쳐나가고 싶어요. 나무도 그렇잖아요. 아주 강한 뿌리가 있고 잔가지가 있어야. 멋있고 늠름하듯이 저도 제가 늠름했으면 좋겠어요. 사실 참 하고 싶은 건 많았지만 막상 어떤 거에 집중을 못 했어요.

그래도 적어도 제가 많이 힘들어 봤으니까 조금은, 아주 조금은 아픈 사람마음을 이해합니다. 그리고 작은 응원에도 힘이 났던 저이기에 작은 응원을 드리고 싶어요. 얼마 전 시험 때문에 힘들었던 친구에게 연락을 한 통 했습니다. 힘내라고요. 그러니 그러더라고요. 고맙다고요.

아무리 안 된다고 했던 사람도 방법을 찾는 사람이 있습니다. 두 다리가 없는 데 자신이 로봇다리를 만들어 뛰어다니는 분도 있고요. 장애인 스포츠 대회를 보면 양궁을 하는데 입으로 활을 쏘는 분도 있고 한손으로 턱걸이를 하시는 분들도 있어요. 못하는 게 없는 거 같아요. 안 하려고만 할뿐이죠. 저도 목표가 한손으로 턱걸이를 하는 게 목표입니다. 하지만 한 손으로 매달려 있기도 힘들죠. 요즘은 안 하고 있지만 꾸준히 하려고요. 그래서 나도 할 수 있다는 생각을 하고 싶어요. 저에게 각인시키는 거죠. 할 수 있다고요. 나보다 온전한 사람도 못 하는 걸 나도 할 수 있다고요. 제 자존감이 높아지게요. 걱정을 덜 수 있게요.

숨 쉬는 것과 같다
보고 듣고 말하고 쓰지 않는가?

처음 엄마 뱃속에서 태어났을 때 숨쉬기를 하죠. 기억도 나지 않아요. 어떻게 태어났는지 숨을 어떻게 쉬는지. 어렸을 때 기억도 5살 전에는 기억도 나지 않아요. 보는 것도 그렇고 처음에는 사물을 보고 이게 뭔지 알고 판단하지 않죠. 제가 처음 말하기 시작했을 때는 기억이 나지 않지만 TV로 보게 되면 나도 저랬을까? 라고 생각이 들어요.

아기들이 말도 잘 못 하고 손짓, 발짓, 몸짓 써 가면서 말하는 걸 보고 있으면 얼마나 귀엽던지요. 먹으려고 욕심부리고 특히 초콜릿이나 사탕을 좋아하는 모습을 봐도 사랑스러워요.

제가 어릴 때가 기억이 나요. 엄마라고 처음 말했을 때요. 그럴 때 부모님들은 세상을 다 가진 것 같이 기뻐해요. 엉덩이춤을 췄던 것도 생각나요. 시키는 대로 다 했던 저도 참 웃겼던 것 같아요. 저도 그러거든요. 요즘 아기들 보면

"하트. 하트."

라고 말하면 아이들이 따라 하는 걸 보면 귀여워 죽겠어요. 그러다가 초등학교를 들어가게 되면 쓰기를 배우는 것 같아요. 기역, 니은, 디귿, 리을 이렇게 순서대로요. 그때는 혼나고 글을 잘 못 쓰면 야단맞고 그랬던 것 같아요. 그러니 재미가 없을 수밖에요. 수다 떠는 건 그렇게 좋은데 글쓰기라 하면 진저리를 치죠. 그리고 시험이라는 게 있어서 더 제약이 생기는 것 같아요.

시험이 없는 초등학교가 있다고 하더라고요. 저는 찬성도 하면서 또 한편으로 반대 생각도 드는 것 같아요. 시험이 있어야 내가 성장하는 게 있는 것 같기도 해요.

저도 꿈 없는 청년 중의 한 명이었죠. 내가 뭘 하고 싶은지도 몰랐고 내가 어떤 생각을 하는 지도 몰랐죠. 그저 야간 자율학습시간에 도망치면 혼날까봐 도망치지 못했던 학생에 불과했죠. 어떤 게 정답인지는 모른다고 친구랑 자주 얘기하는 게 있어요.

"진짜 어떤 게 맞는지 모르겠다. 그지? 그래도 내 생각은 이래." 라고 얘기하죠. 친구도 그래요. "내 생각은 이런데 어떤 게 맞는 건지 모르겠어." 라고요.

내가 좋다고 생각했던 것이 누군가에겐 싫은 것이 될 수가 있죠. 그래서 전 항상 조심하려고 해요. 내가 좋은 것을 막 홍보한다고 그리고 그 사람이 나 때문에 선택했다고 하더라도 안 좋은 방향으로 흘러갈 수 있죠. 그래서 자기중심이 필요한 것 같아요. 그게 글쓰기에요. 저는 이제 늦잠만 안 자면 될 거 같아요. 많은 게 좋아졌거든요. 약을 먹어서 그렇지만 몸도 건강해지고 마음도 힘들 때가 있지만 좋게 생각하려고 하고요. 친구들과 잘 지내려고 양보도 하고 가족들과도 별문제 없이 지내죠.

오늘도 걷다가 다리가 흔들거리더라고요. 그러면 '그냥 그런 모양이다.' 여기려고요. 여태까지 좋아졌으니까요. '더 좋아지겠지.' 라고요. 운동은 꾸준히 해야겠죠.

오늘 컴퓨터 수업을 듣는 데 전시회를 했어요. 오늘 어머니, 아버지가 오셨는데 선생님께서 그러시더라고요. 대단하시다고요. 어떻게 버텼냐고요. 대단하시다고요. 어머니가 그러시더라고요. 힘들었다고요. 참 역경을 이겨내기가 힘들었다고요. 그때 눈물이 맺히더라고요.

어머니의 마음을 생각하니까요. 참 그럴 때 감사하다고 생각이 들죠. 부모님들은 기다림의 연속이래요. 자식이 아플 때 군대에 갔을 때 집에 늦게 들어올 때 모든 게 기다림의 연속이라고 하세요. 참 힘들 때가 많죠. 부모라는 말이요. 저는 어머님께 감사하다는 말씀을 꼭 드리고 싶어요. 이렇게 글로라도요.

이렇게 기다려주신 것에 감사해요.

나를 믿고 기다려주신 거에 감사해요.

글로 써서 언젠가 제가 책이 출판되면 말씀드리고 싶어요. 제 책 읽어보시라고요. 어머니를 생각하면서 글 많이 썼다고요. 가족이 무사히 잘 있다는 것만 해도 참 감사한 것 같아요. 그리고 가족의 소중함을 모르는 분들이 참 아쉬워요. 자주는 아니어도 어머니께 편지 한 통 전해 드릴 수 있잖아요.

감사하다고요. 제게 그러시더라고요. 창피하고 닭살 돋아도 사랑한다는 말 많이 하라고요. 말로 안 되면 글로 쓰면 되잖아요. 나중에 후회하지 말아요.

꼭 한 번은 그런 말 합시다. 감사하다고요. 제 친구 중에 한 명도 참 어머님께 잘하지 못하는 친구가 있는데 그렇게 보기 좋은 광경은 아니더라고요. 그리고 부모님들도 아이에게 막 뭐라고 하는 모습도 보기가 좋지만은 않더라고요. 서로 이해하면서 지내는 게 참 힘든 것 같아요. 가족이기에 더 뭐라고 하고 짜증도 많이 내죠. 저는 어머니께 그랬어요. 제가 짜증도 낼 수 있다고요. 그런데

너무 귀담아듣지 말라고요. 어떻게 모든 사람이 좋겠어요. 화가 날 때도 있고
짜증이 날 때도 있죠. 그렇지만 중심을 잡아야 해요. 하나하나 써 보는 겁니다.
내가 잘하지 못했던 걸요. 그러면 느끼죠. 눈물이 나기도 하고요.

　눈물을 흘리기도 하세요. 그리고 슬퍼지기도 하는 거예요. 그날만요. 딱 그
날만요. 힘들다고 생각할 때 슬프기도 하라고요. 오늘 제가 어머님들과 함께
하면서 적은 내용들이에요.

급하게 작은 전시회가 생겨서 준비하려고 몇 주 전부터 만들고
신경 쓰고 서로 도우고 서로 합심하며 나누며 이야기도 하고 그런 시간을 가졌어요.
별것 아니지만 짧은 시간 친밀해질 수 있었죠.
의견이 안 맞을 때도 있죠.
서로 도와가면서 할 수 있는 데 감사한 것 같아요.
끝나고 마음 먹었어요.
이렇게 도움 줄 수 있는 것에 감사하자고요.
뒤돌아보면 생각 들잖아요.
'별것 아닌 거였지.' 라고요.
그냥 생각하면 어떨까요?
함께 할 수 있다는 것에 의의를 둔다는 것에요.
그렇게 심각하지 않은 것에 예민해지지 말자.

　글을 쓰고 이렇게 반성도 하게 되고 저 자신을 돌아볼 수 있는 거 같아요. 글
을 써 보는 겁니다. 그냥 이야기를요.

다른 이의 마음에
상처를 주었던 내 모습

친구들에게 장난을 많이 쳤어요. 친구들과 재미있게 장난쳤다고 생각하기도 하지만 누군가는 귀찮아할 수도 있다는 생각이 들었어요. 그리고 농담으로 친구들에게 실수하기도 하고요. 꼭 그럴 때 있죠. 내가 하면 로맨스, 남이 하면 불륜이라는 말이 있죠.

정작 자신도 내세울 게 없는데 남을 깎아내리고요. 참 좋지 않은 행동인 거 같아요. 그런데 깨닫기란 참 힘들죠. 저도 저만 생각했기에 잘 몰랐습니다. 친구들에게 제가 장난을 칠 땐 재밌었는데 누가 저에게 장난을 치면 짜증이 나더라고요.

가장 많이 쳤던 장난이 살짝 때리고 도망가는 겁니다. 그러면 막 따라오죠. 잡히지 않으려고 부리나케 도망갑니다. 교실에서 운동장으로까지 도망치기까지 합니다. 지금 생각해 보면 학생일 때가 좋았다는 말이 실감이 나요. 조그만 것에 웃고 서로 장난치고 공부도 하고 그때는 몰랐다는 말이 실감이 납니다. 얼마나 좋은지요. 수학여행 때 놀러가서 선생님 몰래 술도 마시고요. 체육 시간에 축구도 하고요. 쉬는 시간에 나가서 빵도 사 먹고요. 사소한 것에 행복을 느끼는 것 같아요.

저는 친구들과 그래도 잘 지내는 편이었어요. 사람이 가장 중요한 게 서로 함께 하는 거죠. 혼자서 살아가는 게 아니잖아요. 꼭 서로 힘낼 수 있었으면 좋겠어요. 상처를 주면 나중에 배로 돌아옵니다. 분명히요. 가슴이 찢어질 고통이 온 경우가 있어요. 내가 잘못했던 사람이 언젠간 나보다 좋은 위치에서 있어서 나를 힘들게 할 수도 있잖아요. 역지사지(易地思之)라는 말이 있듯이 꼭 내 입장만 생각하지 마시길 바래요. 한 번씩 저는 제가 잘하지 못했던 점을 생각합니다. 그러면 누군가에게 미안하기도 하더라고요. 저만 생각했던 점 아쉬워요. 누가 그러더라고요.

돌아갈 수만 있다면 돌아갈 수 만 있다면…….

진짜 돌아와서 잘 행동하는 사람도 있지만 다시 돌아가는 사람이 있죠. 사람이 참 나약한 거 같아요. 그런데 글을 쓰면 인내심이 생겨요. 앉아 있다 보면 재미도 있고요. 항상 말하듯이 눈물도 맺히고요. 감격스러운 눈물이요. 집중하게 돼요. 제가 처음으로 집중이라는 것을 했는데 이렇게 행복한 것인 줄 처음 알았어요. 재미있습니다. 오래 앉아 있다 보니 흥미가 생기죠. 할 수 있다는 생각도 생기고요. 언젠가 생각했습니다. '꼭 건강해지면 이기적인 모습 보이지 말아야지.' 라고요. 그런데 어느새 이기적인 모습으로 돌아가고 있더라고요. 어머니께서 말씀하셨어요. "너는 이기적이지 않다." 친구들도 그래요. "너 이기적이지 않다." 고요. 그런데 제가 느끼기에는 이기적이에요. 저 자신이 제일 잘 알잖아요. 친구들에게 미안했던 점이 생각이 났어요. 제 마음 편하려고 누군가를 판단하고 시기했어요. 그래서 요즘은 친구들에게 전화해요. 잘 지내냐고요. 그러면 친구들도 대부분 잘 지낸다고 넌 어찌 지내느냐고 해요. 혼자 살아가는 것이 아니잖아요. 서로 도와가면서 살아야죠. 어릴 때 내가 아무것도 못할 때 부모님께 도움을 받았던 것처럼 나도 도움을 줘야 합니다. 모든 사람이 그렇죠. 받기만 할 줄 알고 주는 건 잘 못하죠. 어찌 보면 당연한 말일 수도 있죠. 받는 것만 익숙했기에 주는 건 힘들 수도 있다고요. 그래도 생각하는 겁니다. 내가 많은 걸 받았으니 나도 줄줄 알아야 한다고요. 저는 받은 것이 많아요. 이제는 갚아줄 때가 된 것 같아요. 희망을 주고 싶어요.

친구들과 관계에서도 맛있는 음식 하나 더 먹으려 하지 말고 친구가 하나 더 먹게 해주는 겁니다. 사소한 것이라도 좋아요. 문을 열려고 하는데 나오는 사람이 있다면 문을 슥 열어줘서 사람들이 나올 때까지 기다리기, 쓰레기를 주어서 쓰레기통에 버리기 등이요. 별것 아니잖아요. 저는 세상이 아름다워졌으면 좋겠어요. 그러기 위해선 한 명 한 명이 바뀌어야 하죠. 나 자신부터 바뀌는 겁니다. 할 수 있다고 생각합니다. 별것 아니잖아요.

한 번 해보자고요. 진심을 담아서 감사하다고. 고맙다고요. 또 도와주기도 하고요. 꼭 안 그래도 돼요. 그냥 사소한 것만 해보자고요. 쓰레기를 줍는 다든지 이웃 주민에게 반가운 인사를 먼저 한다든지요. 저는 참 게을렀어요. 귀찮아하고 하기 싫어하고 억지로 하고 그랬죠. 공무원 공부를 할 때도 앉아 있는 시간보다 누워 있는 시간이 많았어요.

습관이 돼 더라고요. 그래서 나중에는 침대를 다른 방으로 보내려고도 해요. 참 힘들었어요. 정말로 힘들었어요. '평생 제대로 생활하지 못 하면 어쩌지?' 라고요. 이런 질병이 있는지도 몰랐던 질병들이 생기니 말이에요. 이 글에서는 제가 아픈 걸 말하는 게 아니므로 조금 언급 안 하려고 해요. 주위에 아픈 사람이 있으면 보살펴 주세요. 힘도 주시고요. 단 한 마디가 많은 것을 바꾸어 줄 수 있다고 생각해요. 글을 쓰고 읽다 보면 그 한 줄이 그 몇 글자가 저의 마음을 울리더라고요.

상처가 될 만한 이야기는 하지 않으면 좋겠어요. 제일 나쁜 게 사람 마음을 상하게 하는 거라고 생각해요. 누군가는 정말 순수한 마음으로 하고 싶은 걸 돈으로 결부시켜서 나쁜 짓을 하는 사람은 피눈물 났으면 좋겠어요. 참 아쉽죠. 살기가 점점 각박해진다는 게요. 꼭 그렇다고 나쁜 행동만 하는 사람만 있는 게 아니고 선한 행동을 하는 사람도 있기에 더 살 만한 것 같아요.

무료로 공부를 가르쳐 주시는 분들, 봉사하시는 분들, 기부하시는 분들, 이분들이 있기에 세상은 아직 살 만합니다. 꼭 한 번쯤은 느꼈으면 좋겠어요. 그리고 나의 선한 행위로 도움을 받을 수 있는 분들이 있을 수 있다는 사실이요.

저는 글로 몇 명 안 돼도 좋으니 제 이야기를 듣고 도움 받으면 좋겠어요. 제가 다시 직장에 돌아가서 일을 하지 못 할 수도 있죠. 그렇게 될 수 있다는 생각이 드는데 참 슬프죠. 그런 생각하면요.

그래도 글을 쓸 때만큼은 힘들지 않습니다. 가슴이 벅차기도 하죠. 누군가에게 힘이 될 수 있다는 상황이요. 저는 어렸을 때부터 조금 더 현실에 만족하지 않은 것 같아요. 예를 들면 회사를 들어가도 내 위에 상사가 있다는 사실이 싫었어요. 어찌 보면 당연한 이야긴데 아쉬워요. 같이 힘내서 생활하면 좋을 텐데요. 서로 힘든 게 있기 마련이죠. 그래서 '어떻게 해야 하나?' 라는 생각도 많이 했어요.

글을 쓰다 보니 누군가에게 힘을 줄 수 있다는 게 좋겠다는 생각이 들더라고요. 물론 경제적인 상황까지 좋으면 더 좋겠죠.

틱틱거렸던 제 모습에 후회되기 시작했어요. 별것 아닌 일 가지고 화내고 슬퍼하고 걱정하고 성격상 걱정을 많이 하는 건 어쩔 수 없지만요. 누군가의 말을 귀담아듣기도 하고 마음이 따뜻해졌습니다. 의지를 잡는 데도 한몫하고 있죠. 상처가 없는 사람은 찾기 힘들더라고요.

누구든 아플 수 있고 다칠 수 있고 힘들어 할 수 있습니다. 생각하는 겁니다. 누군가도 힘들 수 있다고요. 그래서 도와주자고요. 내가 사랑하는 가족이 아플 수도 내가 아플 수도 있어요. 서로 힘을 내서 생활하는 겁니다. 도와가면서요.

언젠가부터 개인 생활화되었죠? 옆집 사람이 누군지 모르는 상황 말이에요. 제가 어릴 때는 같은 아파트 분들과 서로 야유회도 하고 운동도 하고 그랬습니다. 그런데 요즘은 거의 그렇지 않죠. 어떻게 보면 편리한데 내가 힘들 때 도와주는 사람이 없다고 반대로 생각하면 그렇죠. 꼭 도와주세요. 그리고 내가 건강하다면 도와주기도 하고요. 그러면 이런 말을 하시겠죠? 도와줬다가 이상한 사람들 보이스 피싱에 연루될 수 있지 않겠냐고요. 그래서 말씀드리는 거예요. 우리가 따뜻해져서 세상이 따뜻해지기를 바란다고요. 꼭 나서서 하자는 말이 아니에요.

그냥 조금의 행동만 하는 거예요. 누군가에게 도움이 될 수 있는 그런 행동이요. 남에게 상처를 주고 상처를 많이 받았다면 이제는 도움을 주는 거예요. 할 수 있다고 힘내라고 예전부터 기록이 우리 후세에 남겨져 왔듯이 내 선한 영향력이 뒤에 남겨지면 어떨까 싶잖아요.

'아픔도 스펙이다.' 라는 말을 제게 하시더라고요.

아픔을 겪었기 때문에 할 이야기가 많다고요. 걱정도 많고 슬픔도 많았는데 앞으로는 행복해졌으면 좋겠어요. 저도 여러분도요.

햇살이 비칠 때

햇살이 비추는 아침에 일어나서 글을 쓰면 행복해요. 가을에 쓰는 게 제일 좋은 것 같아요. 가을은 남자의 계절이라고 해서 그런가 더 글이 잘 써지는 건 제 생각 때문인가 싶어요. 오늘도 글을 쓰고 밖에 나갔다가 왔는데 좋더라고요. 비도 약간 오고 가을비를 맞으면서요. 글을 쓰고 기분 전환하러 가는 것만큼 좋은 게 없어요. 그저 좋았어요. 살갗에 스치는 바람도 좋았고요. 시원한 바람 맞으며 걸으니 여름 때가 생각이 납니다. 정말 겨울이 왔으면 좋겠다는 생각 그런데 요즘은 찬물로 샤워를 못 합니다. 참 사람이 웃기죠. 차가운 걸 그렇게 바라왔는데 추워지니까 따뜻한 걸 찾으니까요.

글을 쓰면 조그만 것에 흔들리지 않도록 좋아지는 것 같아요. 좋을 때도 많고 슬플 때도 많지만 슬프면 이겨 내자고 마음먹고요. 좋으면 그 기분을 느끼려고 노력하죠. 참 좋은 것 같아요. 슬플 땐 그냥 흐르는 대로 눈물을 흘리기도 하고요. 좋을 땐 또 좋은 대로 눈물을 흘리기도 하죠. 내면의 힘이 생겨요. 내가 강해진다고요. 아직 여린 제 마음은 변함이 없지만 조금씩 조금씩 좋아질 거라 확신합니다.

자신감이 장착되면 사람이 강해지죠. 자만심이 아니라요. 자신감이 생기면 사람을 만나는 것도 두렵지가 않은 것 같아요. 그저 두려울 것만 같던 대인관계도 원만해지는 것 같아요. 힘이 생기죠. 나에게 다짐도 하고요. 흐트러지지 말자고요. 무의식의 힘이 놀랍다고 하잖아요. 제 내면에 힘이 생기는 것 같아요. 저는 요즘 '설마 죽기야 하겠나!' 라고 마음 먹고 있어요. 물론 제 삶을 진실되게 살아간다는 가정을 두고요.

막 너무 자신감이 생기는 건 아니지만요. 할 수 있다고요. 의지로 모든 걸 다 할 수 있는 건 아닙니다. 그런데 의지가 강하면 쉽게 일어설 수 있어요.

아픈 사람도 의지로 이겨내는 사람 보면 대단하다는 생각밖에 안 들어요. 그런데 어느 순간 저도 아파져 있더라고요. 약을 먹지 않으면 생활이 안 돼요. 그래도 의지가 강하면 금방 이겨나갈 수 있죠. 참 다치기 전후 그리고 지금 많은 심경의 변화가 있었어요. 갓 대학을 다닐 땐 모든 걸 다 할 수 있겠다는 생각으로 생활했다면 다치고 난 직후는 모든 삶의 짐을 다 짊어진 채로 힘겹게 살아왔던 것 같아요.

요즘은 비행기로 치면 어느 정도 정상궤도에 올라 선 거 같아요. 슬플 때도 있고 좋을 때도 있지만 중심을 잡으려고 하죠.

의자에 오래 못 앉아 있던 제가 글을 쓰면서 책상에 앉아 있게 되었고 이제는 다른 공부도 제법 합니다. 힘이 생긴다고요. 많은 게 바뀌었어요. 꼭 모든 걸 다 할 수는 없겠지만 하고 싶은 것, 못하는 것 우선순위를 잡는 것 같아요. 중국어도 하고 싶고, 역사도 알아야 하고, 운동도 하고, 수학도 해야 되고, 생각들이 많았다면 요즘은 영어, 운동, 글쓰기 이 세 가지가 저의 주가 되니 조금씩 제 삶의 만족도도 높아지고요. 삶이 심플해졌어요.

여러분도 정해 보세요. 운동은 꼭 필요하니 꼭 하시고요. 어른들이 그러시잖아요. 한 우물만 파라고요. 하나를 잡는 겁니다. 저는 영어를 놓치지 않으려고요. 그리고 글쓰기요. 제가 많은 걸 바꾸어준 것은 글쓰기에요. 삶이 간결해졌어요. 필요없다기보다 나에게 있어서 꼭 도움이 안 되면 잘하지 않으려고 하죠.

TV 보기도 많이 줄었어요. 꼭 필요한 것만 보려고요. TV를 보면 머리를 계속 쓰게 하는 거 같아요. 글을 쓰면 생각을 하게 되고요. 사고력도 높아져요. 생각이 많아지기도 보다 하나의 요점으로 다가갈 수 있어 재미 있고 내적으로 힘이 생깁니다. 어느 순간 저도 더 강해지기를 바라는 마음이 커져요.

제 주위 분들에게 말해요. 글을 써 보라고요. 그러면 "나는 글을 못 써. 쓸 이야기가 없다."라고 하죠. 그냥 자기 이야기를 쓰는 겁니다. 그냥 생각나는 대로 써내려가요. 슬플 때도 있고 즐거울 때도 있습니다. 오늘 조금 일찍 일어났다가 잠이 들었네요. 그래서 아침에 못 쓴 것을 지금 쓰고 있습니다. 꼭 제 일상 중의 하나가 된 것 같아요.

글쓰기를 통해 감사를 배웠어요. 제가 할 수 있는 것에 감사를 느낀다고요. 사람이 감사할 때 정말 좋은 물질들이 나온대요. 저는 감사하더라고요. 도움을 줄 수 있는 거예요. 물론 감사를 잊고 짜증을 내거나 화를 낼 때도 있지만 참 감사한 것 같아요. 11층 높이에서 떨어져 살아난 것도 기적이고 조금의 인대가 남아 있어서 다리를 절단하지 않아도 되었고 골반이 괴사되지 않았어요. 꼭 그럴 때 있죠. 마음을 다잡아도 다시 원래대로 돌아가는……. 저도 그랬어요. 그랬다고요. 아니, 그럽니다.

슬플 때도 많고 휴대폰 보는 것조차 무서울 때가 있습니다. 일반 상식으로는 이해가 안 되죠. 어떻게 그럴 수 있냐고요. 그래도 어찌어찌 살아지네요. 사실 포기하고 싶을 때도 많습니다. 어머님들이 그러더라고요. 부모보다 먼저 떠나는 건 최고의 불효라고요. 그때는 이해하지 못했는데 요즘은 조금은, 아주 조금은 이해가 갑니다. 만일 부모님이 돌아가시면 얼마나 슬플지 생각합니다. 제가 글을 쓰고 눈물이 맺히기도 하고 감사를 배워서 그런 것이기도 한 것 같아요.

어머님과 아버지께 정말 감사하죠. 이렇게 저를 끝까지 믿어주신 거요. 아직 속 썩이고 있는 것 같아요. '경제력으로 독립을 해야 될 텐데……' 라고 생각을 합니다.

지금이 중요하다는 말이 있듯이 어머니, 아버지께 감사하다고 말씀 드리는 건 물론 좋은 음식 대접해 드리도 싶고, 좋은 곳에 많이 모셔다 드리고 싶어요. 제 인생에 있어서 주인공은 접니다. 즐기면서 살아야 하지 않을까요? 물론 아버지들은 정말 대단하신 것 같아요. 안 그런 분들도 계시지만 한 집안의 가장이기 때문에 힘들어도 참고 짐을 짊어지고 가시는 걸 보면 참 대단하다는 생각이 듭니다. 그런 아버지들께 많은 걸 못해드려도 감사하다는 말할 수 있잖아요. 꼭 해주셨으면 좋겠어요. "네가 어른이 되어 봐야 안다고 너도 크면 똑같다." 라고 하는 말 안 들렸는데 이제 들립니다. 저도 부모님 행동을 닮아 가고 있는 점이요.

한 핏줄이 무섭긴 무서운가 봐요. 저는 글을 쓰고 어머니, 아버지께 많은 것을 감사해 하고 있어요. 그냥 사소한 것도 감사하더라고요. 생각을 하게 되죠. '과연 나도 저렇게 할 수 있었을까?' 라고요. 답은 '못하겠다.' 라는 생각이 들더라고요.

그리고 글을 쓰다 보면 자신감이 생겨요. 그냥 그럴 때 있죠. 말을 많이 안 해도 온화하고 힘이 있어 보이는 분들요. 저는 말이 참 많았어요. 쓸데없는 말을 많이 했죠. 말을 하고 나면 힘이 빠져 버리는 느낌요. 요즘은 할 말만 하려고 노력하고 있어요. 그렇게 말을 많이 안 해도 되더라고요. 그리고 힘도 생기고요. 제 마음을 어우르는 힘이요. 저도 어떻게 보면 남들과 다름없는 청년인 것 같아요. 그저 사고만 조금 크게 났을 뿐이지 노는 것 좋아하고요. 하기 싫고 귀찮은 건 하지 않으려고 하고요. 그래도 참 하늘에게 감사해요. 이만한 게 어디냐는 생각이 들어요.

신이 있다면 견딜 수 있을 만큼의 시련만 준다고 하는데 솔직히 전 견디기 힘들지만 그렇게 믿고 있어요. 많은 분들도 그렇게 응원해주시고요. 제 인생의 주인공은 저인 것 같아요. 인생의 주인공 자리에서 멋지게 살아가고 싶어요. 모든 사람의 시각은 자신이 보는 대로 보이잖아요. 드라마에서 주인공이 있듯이 내 인생의 주인공으로 삶을 살아가셨으면 좋겠어요. 우울증, 사고, 암, 질병으로 힘들어 하는 분들 꼭 생각해요. 우리 신은 견딜 수 있을 만큼의 시련만 준다고요. 그리고 저도 생각해 주세요. 자주 말하는 것이지만 일할 기회를 얻었는데 일을 못 하게 되는 그런 상황에 있는 저를요.

얼마나 힘들었는지 모르실 거예요. 발령 받고 약을 잘못 조절해서 아프고 머리는 멍하고 강박증, 프랙시아 증상 참 힘들었어요. 저보다 동료 분들이 말도 못 하게 힘드셨겠죠. 정말 죄송하게 생각하고 있어요. 그리고 저 자신이 너무 미웠고요. 잘하는 분들도 많으시고 그런데 나는 '왜 이럴까.'라고요. 다들 그러잖아요. 비교하지 말라고요. 정말 비교하니 슬퍼지더라고요. 아버지가 그러셔요. 남들이 한번 만에 하면 나는 두 번 노력하면 된다고요. 타고난 체형이 얼마 안 되면 그만큼 노력하면 되는 거라고 그렇게 말씀하시더라고요. 말은 참 쉽죠?

그래도 '내가 주인공이다. 내가 중요하다.'고 생각해요. 우리!

불이 꺼진 밤

누워 있어도 누워 있고 싶은 그런 마음이 들었어요. 하루하루가 피곤했죠.
모든 게 다 싫었어요. 모든 사람이 아팠으면 좋겠고 내가 아픈 걸 모든 사람
이 알아줬으면 좋겠다고 생각했어요. 그런데 아무도 알아주지 않고 아무도
제 아픈 것에 크게 신경 쓰는 사람들이 없다는 걸 깨달았어요. 저는 아니었는
데……. 저는 남들에게 관심이 많았는데…….

중학생 때는 공부를 잘했거든요. 고등학생 때도 친구들에게 도움을 주려고
노력했던 것 같아요. 도움을 주는 걸 좋아했던 제가 어느 순간 비관적이게 된
것에 회의감을 느꼈지만 나쁜 생각이 많이 들었어요. 누워서 생각하죠……. 걱
정뿐이었으니까. 계속 꼬리에 꼬리를 물게 되고 슬퍼했던 것 같아요. 그러다가
생각도 하기 싫은 생각도 하게 되고요. 그래도 누워 있다 보니 괜찮은 감이 있
었죠. 아무래도 피곤하면 누워 있으면 낫잖아요. 그래서 누워 있는 게 일상이
돼버렸어요. 늦게 일어나서 밥 먹고 조금 공부하다가 눕고, 점심 먹고, 밥 먹고,

또 눕고, 저녁 먹고, TV 보면서 또 누워 있다가 잠이 들었어요. 밤이 좋았어요. 얼른 하루가 끝났으면 하고 바랐으니까요. 잠이 와서 잠자리에 드는 게 아니라 누워 있다 보니 잠이 드는 거였죠. 지금 생각하면 시간이 참 아쉽죠. 그래도 지금이라도 알아서 다행이에요. 참 아쉬울 때가 많았던 시절이 지나왔고 또 후에 후회되지 않도록 노력해야죠.

지나고 봐서 지금 이 순간이 아쉽지 않게요. 글을 쓰는 게 간절했습니다. 제 이야기를 하고 싶기도 했고요. 아픔이 있어서 더 이야깃거리가 많은 것 같아요. '상처도 스펙이다.'라는 말이 있듯이 저에게 많은 것을 느끼게 해주었어요. 슬픔도 느끼게 해 주었고 행복도 느끼게 해 주었고 가족의 소중함도 느끼게 해 주었고요. 슬픔이 참 많았다면 이제는 행복한 나날들이 더 많았으면 좋겠어요. 어두운 게 싫었으니까요. 아는 형은 당연히 해가 긴 게 좋다고 하더라고요. 어찌 보면 당연한 일 아닌가요. 젊은 나이에 해가 긴 게 좋은 거죠. 아, 안 좋을 수도 있겠네요. 술을 먹으려면 밤이 돼야 하니까요. 친구 중에 술을 좋아하는 친구들이 많아요. 틈만 나면 술을 먹으려고 하죠.

저는 다행히 술은 그렇게 마시고 싶은 마음이 크게 없더라고요. 안주를 먹고 싶어 할 뿐이죠. 술을 먹다 보면 어느새 하루가 깜깜해지죠. 새벽이 되기도 동이 트기도 하죠. 그런 밤이 좋았어요. 어둠의 자식도 아니고 말이죠.

그리고 아무것도 하기 싫었어요. 특히 오후 4시 30분에서 5시 50분 사이에 제일 많이 누워 있었어요. 그때가 제일 피곤했던 시간이니까요. 어느새 겨울이 오기만을 기다렸어요. 아침 7시가 되어도 깜깜한 밤이기에 누워 있어도 될 것만 같았거든요. 이제 박차고 일어서야죠. 글을 쓰고 밤에까지 활동하려고 하는 거 크나큰 발전 아닌가요. 불이 꺼질 때가 있었습니다. 제 인생의 불이요. 심지에 불이 붙는 거 같습니다. 요즘요. 마음이 따뜻해지고 있어요. 그냥 무작정 쓰는 게 아니라 키워드를 잡고 써 가는 겁니다. 내가 하고 싶은 말을 최종 목표로 잡고 살을 붙여가는 거예요. 이렇게 써 내려간다고 속으로 암시하는 겁니다. 그러면 이야깃거리가 확 많아지죠. 사람 개인마다 어마어마한 이야기가 속에 있습니다. 많은 이야기를 할 수 있다고요.

곡 거창할 필요는 없어요. 그저 내가 읽고 피식 웃을 수 있으면 된 거예요. 자기가 쓴 글을 읽고 감명받은 사람도 있대요. 전 눈물도 흘리고 재미있게 다시 글을 읽으면서 재미있었던 것 같아요.

다시 이 느낌을 잃고 싶지 않아요. 힘들 때면 커튼을 쳐놓고 누워서 걱정 하던 때로 돌아가기 싫다고요. 어두운 게 좋아서 커튼을 쳐 두고 누워 있으면 참 힘들었어요. 매일 매일 걱정으로 하루를 지냈죠. 또 아프면 어쩌나. 나갔는데 환상통이 오면 어쩌나. 다리가 옆으로 흔들거리면 어쩌나 슬프게도 공황장애가 오면 어쩌나. 가슴이 두근두근거렸어요. 저절로 강박증이 생길 수밖에 없었죠.

참 정말 미치도록 힘들었어요. 제가 겪은 힘듦을 다른 사람이 겪게 하고 싶지는 않았어요. '신이 있다면 제발 도와주세요.' 라고 속으로 얼마나 외쳤는지 몰라요.

'제발 도와주세요.'

라고요. 어떻게 보면 살아난 것도 기적인데 지금 또 다른 기적이 일어나고 있죠. 조깅도 하고요. 건강해졌어요. 물론 가슴 한 구석이 아프기도 하지만 꼭 괜찮아질 거라 확신합니다. 이렇게 글을 쓰니 자기 암시가 되는 거 같아요. '마지막에는 꼭 할 수 있다.' 라고 말을 하고 있어요.

그랬더니 마음이 강해지는 느낌이 들어요. 그리고 아는 선생님이 그러시더라고요. 카카오톡 자기 채팅으로 자신한테 얘기하라고요. '할 수 있어. 힘내자고마워.' 라고요.

그래서 한 번씩 쓰고 있어요.

'정찬아 힘내자-' 라고요.

한 번 해보세요. 하는 것과 안 하는 것의 차이는 엄청난 것 같아요. 공무원 발령을 받고 일을 하다가 아버지 지인 분 아저씨와 저녁을 먹으러 갔는데 아저씨가 그러시더라고요. 너무 걱정하지 말라고요. 실수하면 고치면 된다고요. 나이 드신 분들과 함께 하면 배우는 게 참 많은 것 같아요.

감사하죠. 이렇게 말씀해 주시는 분들이 있다는 것에요. 그런데 누군가 그러더라고요. 사고나 질병이 오는 건 이유가 있다고요. 저도 그 말에 동의하는 거 같아요. 만일 제가 성격이 남들이 뭐라고 해도 대수롭지 않게 넘기면 이렇게 아픔을 길게 느끼지 않을 수도 있다는 생각이 듭니다.

혼자 아파하고 슬퍼하고 힘들어하고 제 입으로 말하기 뭐하지만 착해서 그렇다고 하더라고요. 착하다고 그러더라고요. 남들이 뭐라 해도 그냥 흘려버리는 것도 필요하다고요.

제 성격상 힘듦이 있을 때는 그저 놓아버리는 것도 하나의 방법이라고 아는 형이 말해 주더라고요. 꼭 그렇게는 못 하더라도 노력을 하니 전보다는 훨씬 좋아지고 있어요.

꼭 글을 쓰는데요. 긍정적인 말을 쓰려고 노력해요. 긍정적인 말을 하면 주위에 좋은 영향력이 생긴다고요. 생각해 봐도 그러잖아요. 매일 힘들다, 슬프다, 아프다고 하는 사람들과는 함께 있으면 힘이 빠지지만 긍정적인 말을 하는 사람들 근처에 가면 힘이 생기고 나 또한 힘이 생겨요.

그래서 저도 글을 쓸 땐 힘들더라도 긍정적인 말을 쓰려고 노력해요. 그러면 놀랍게도 에너지가 생기거든요. 곧 군대에서 친한 친구가 휴가를 나옵니다. 함께 긍정적인 기운을 나누고 싶어요. 제가 제일 좋아하는 친구거든요. 부정적인 말을 잘하지 않는 친구라 저 또한 기분이 좋아지고 힘이 납니다.

저는 제 글을 읽는 분들이 적어도 긍정적인 힘을 믿으셨으면 좋겠어요. 그리고 함께 노력도 하고요. 그러면 어느새 우리 주위도 따뜻해져 있지 않을까 생각합니다.

제3장
노는게 좋다
하지만 글쓰는 행복은 더 좋다

조금 더 일찍 알았다면

온전히 나에게 집중하고 싶어요. 아직 잡생각도 많아요. 그래서 어찌 보면 요즘 느끼는 게 글을 쓰는데 할 말이 많은 것 같아요. 그저 힘들고 생각이 많은 게 싫었는데 어느새 제가 잘하는 것일 수도 있다는 생각이 드니 그렇게 나쁜 것만은 아닌 것 같아요.

그런 생각이 들어요. 글을 쓰면 온전히 나에게 집중할 수 있죠. 남들 생각이 잘 안 들려요. 내 이야기에 집중합니다. 슬플 때도 즐거울 때도 있어요. 참 그럴 때 있죠. 생각이 많을 때, 그럴 때 할 좋은 행동들이 있대요. 달리기를 숨이 차도록 달린다던가 운동하는 거죠. 저도 운동할 때면 그래도 조금은 낫더라고요. 축구를 할 때 탁구를 할 때 조깅을 할 때요. 오늘 아침에도 조깅을 했어요. 좋더라고요. 차가운 공기를 마시며 달리니 기분전환도 되고 하루 시작이 너무 좋았습니다. 빼꼼히 올라오는 해를 보니 사진 한 장 딱 찍고 저희 동네 산책로를 따라 걸었어요. 돌아와서 아침을 먹었죠.

완전히 생각이 없어진 건 아닙니다. 그저 노력을 계속 하고 있죠. 글을 쓸 때 그 순간에 집중하려고 하니 생각을 많이 했다면 하는 것에 몰두하려고 노력하죠.

오늘은 신기하게도 기분이 좋네요. 또 언제 안 좋아질지 모릅니다. 마음의 준비를 하고 있어야 하죠. 휴대폰 보는 게 무서울 때도 있고 급할 때도 있고 걱정이 많을 때도 있습니다. 그럴 때면 그냥 걱정이 들어요. 솔직히 너무나 힘듭니다.

사고 후 4년이 지났지만 근 3년간은 활동을 하지 못했어요. 너무 힘들어서요. 그런데 요즘은 생각합니다. 내가 너무나 힘들었기 때문에 할 말이 많다고요. 해주고 싶은 이야기도 많고요. 요즘은 그런 생각도 합니다. 겉으로 보기에 멀쩡하니까 지인들이 그래요. 아픈 것 핑계 아니냐고요. 그럴 수도 있는 것 같아요. 그냥 기적이죠. 아침에 조깅하면서 생각했어요. 저도 놀라고 있어요. 다리뼈를 잘라서 일자로 만드는 수술을 했을 뿐 아니라 신경이 조금만 잘못되었으면 평생 고통 속에서 헤매고 있었을 거예요.

언젠가 꼭 한번쯤은 저와 비슷한 아픔을 가진 사람들과 얘기 나누고 싶어요. 서로 힘이 될 수 있을 거 같아요. 겪어보지 못하면 얼마나 힘든 건지 모릅니다.

이기적인 모습을 후회하기도 하고 슬픔 많았던 모습 다 잊어버리고 훌훌 털어버리고 싶어요. 그래서 글쓰기가 저에게 힘을 주고 있어요. 다짐을 하고 앞으로는 더 나은 내가 되자고 마음을 다잡아요.

힘들 때 슬플 때 글을 쓰고 나면 후련합니다. 기분도 다시 돌아오는 경우도 많고요. 저는 글을 쓰고 항상 마지막에 그렇게 합니다.

'할 수 있다. 나는 강하다.'

라고요. 자기 암시를 하는 거죠. 크게 도움되지는 않았는데 느껴지더라고요.

'할 수 있다.'라고 글을 쓰면 저도 모르게 마음속으로 얘기를 하는 거죠.

그리고 이해합니다. '그렇게 한다고 뭐 달라지겠어? 힘들어 죽겠는데 뭔 소리리야?'라고요. 저도 그랬으니까요.

누가 해보라고 하면 절대 안 하죠. 머리를 깎을 때도 짧게 잘라보라고 하면 어릴 때의 기억 때문에 짧게 자르면 이상할 거라는 생각이 들어서 단정지어버리죠. '나는 짧은 머리는 안 어울려.'라고요

그런데 요즘 짧게 자릅니다. 잘라보니까 웬걸, 잘 어울리더라고요. 그렇게 권유하는 건 이유가 있다는 생각이 들더라고요. 저도 저와 비슷한 처지에 있는 친구가 있다면 글을 써 보라고 얘기할 테니까요. 혹 생각인데 '미리 글쓰기의 행복을 알았다면 이 큰 사고가 일어나지 않았을까?'라는 생각도 들어요. 워낙 자책도 많이 하고 많이 슬퍼했었는데 글을 써서 마음속에 있는 이야기를 제게 하면서요.

'정찬아, 힘내자! 그것 가지고 기 죽지 말자!'

라고 했으면 조금은 더 나은 삶을 지내지 않았을까 해요. 앞으로는 제 앞날이 행복했으면 좋겠어요. 너무나 힘들었던 시간을 살아왔던 저인데 이제는 조금 행복해져도 되지 않을까요?

아팠을 때 병원에 있었을 때는 오히려 그렇게 힘들지 않았어요. 그저 아무 생각이 없었던 것 같아요. 그냥 밥 배식이 오면 밥을 먹고 물리 치료할 시간이 되면 가서 물리 치료받고요. 그냥 아무 감흥이 없었던 것 같아요.

그걸 지켜보는 어머니 마음은 어땠을지 생각하면 가슴이 아픕니다. 여러모로 참 느끼는 게 많은 것 같아요. 제 글을 읽고 있는 분들은 어머니, 아버지께 잘하세요. 나중에 정말 가슴에 못이 박히는 느낌이 든다고 말씀하시던데 정말 가슴에 못이 박히더라고요.

그저 연인 사이에만 '사랑해.' '고마워.' 라고 말하는 사람은 시간이 지나면 싸우게 되는 것 같아요. 가장 가까운 거리에서 지냈던 가족에게도 감사, 사랑을 안 하고 짜증만 내는데 친구 관계, 연인 관계에서도 안 맞을 수밖에 없죠.

저는 그렇게 생각하는 거예요. 언젠가 생각한 적이 있어요. '나는 왜 이렇게 약할까?' '왜 이렇게 걱정이 많을까?' '생각이 많을까?' 라고요. 지금은 이유가 있을 거라고 생각을 합니다. 환경도 중요하지만 나와 영 맞지 않은 친구가 있으면 보지 않으면 되고 그렇게 화낼 필요는 없다고 생각해요.

언제 또 만날지 모르거든요. 생각해 보면 내가 정말 못살게 굴었던 친구가 나중에 내 직장 상사가 돼 있을 수도 있잖아요. 저는 한 가지 생각을 하는 게 있어요. '좋은 게 좋은 거지, 뭐라고.' 생각합니다. 그건 어릴 때부터 잘해온 것 같아요.

'글쓰기를 일찍 알았다면 좋았을 건데.' 라고 생각하지만 아직 늦지 않았어요. 저도 여러분도요. 저와 같은 또래는 멋진 꿈을 꿀 수 있고 아버님, 어머님들은 지난날을 회상하며 멋지게 남은 인생을 살아가면 되고요. 술을 줄이라고 얘기하고 싶어요. 자주 먹는 거요. 남는 게 많지 않은 것 같아요. 뱃살, 시간, 돈 등 많은 것을 잃죠. 물론 술 마시는 게 나쁜 게 아니죠.

그런데 적어도 느낀 것은 좋은 것보다 나쁜 게 훨씬 많다는 거예요. 그런데 글을 쓰면요. 자기 반성을 하면서 내적의 힘이 강해지는 것 같아요. 목표를 정하는 것도 좋은 것 같아요. 저는 책을 쓰려고 마음을 먹었거든요. 쓸 내용이 없으면 쓰지 않아요. 생각이 나니까 쓰는 거지요. 그렇게 힘들면 그냥 쓰지 않아요. 그런데 하나 생각하고 있는 것은 '나는 글을 쓰는 멋진 사람이다.' 라는 것을 생각해요. 되뇌이죠.

지금 시작해도 늦지 않았다는 말이 있듯이 아직 늦은 게 아닌 것 같습니다.

마지막 순간까지 가서도 깨닫지 못 한다면 참 슬프겠지만 빨리 깨달을 수 있다면 정말 좋겠지만 그렇게 생각합니다. 아직 우리에겐 생각보다 많은 시간이 남아 있다고요.

마음속으로 외쳐 봅시다. 만일 운동 선수면 '나는 최고의 선수가 될 거야.' 작가면 '나는 멋진 글을 쓰는 작가야.' 직장인이면 '나는 내 일이 좋아.' 하고요. 참 웃길 수도 있을 것 같아요. 고작 25살 밖에 안 된 제가 이런 말을 하니 말이죠. 그냥 많은 분들이 저에게 또 다른 사람에게 해준 말들을 적은 것뿐입니다. 저는 참 여린 청년이잖아요. 그래도 적어도 인생을 또 포기하고 싶지는 않아요. 힘든 상황에서 피할 수도 있고 돌아설 수도 있지만 모든 사람이 중요한 가치를 가지고 있다고 생각해요. 힘을 같이 내고 싶어요.

일기

따로 일기를 적지는 않는데. 그냥 생각날 때 이것저것 써요. 어느새 꽤 되더라고요. 그냥 가을 공기가 좋았다면 좋았다고 쓰고요. 이렇게 아침 공기를 맞으면서 산책을 가니 좋다고 생각도 하고요. 그냥 소소한 행복이 오더라고요. 생각해 보니까 너무 큰 행복만 바라보게 되면 그 행복을 누리지 않는 때는 슬프죠. 힘도 없고요. 그런데 그냥 소소한 감정을 시간 날 때 써 보는 겁니다.

베트남 음식을 먹었어요. 좋더라구요. 태어나서 처음 먹는 음식들, 팟타이, 모히또 난생 처음 보는 음식을 먹어 보니 색달랐어요. 한 번씩 새로운 걸 시도하는 것도 중요하다고 느꼈어요. 매일 똑같은 일상이 반복되면 지루하듯이 한 번씩 기분 전환하는 건 어떨까요? 운동을 하든, 무작정 여행을 가든, 맛있는 음식을 먹든지요. 스트레스가 만병의 근원이라잖아요. 한 번 찾아보는 건 어떨까요? 스트레스를 풀 방법을요. 제가 그날 팟타이, 모히또를 먹고 기분이 좋아진 것처럼요. 이 소소한 기쁨을 놓치면 행복해질 수 없어요.

그냥 기록하다 보면 느껴져요. 다짐도 하게 되고 소소한 행복이 저에게 오죠. 때로 이기적으로 굴고 남을 헐뜯었다고 해도 그런 나의 행동을 느끼게 되죠.

소소한 행복이 꾸준히 오는 것이 좋은 것 같아요. 요즘 기분이 좋습니다. 좋은 일들이 생길 것 같고 마음속에 힘이 조금씩 생기는 것 같아요. 물론 어제도 약을 늦게 먹었더니 신호가 오더라고요. 힘들었어요. 그런데 글을 쓰고 그냥 특별한 행동을 하건 소소한 일이 있건 새로운 일이 생기면 기록을 했어요. 마음 편하게 뒤죽박죽 문맥이 안 맞을 때도 있어요. 그냥 쓰는 거예요.

그러면 제 글을 읽고 저도 모르게 감명을 받을 때가 있습니다. 그냥 제 이야기니까 친근하기도 하고요. 추억이 많아지죠. 어디를 다녀왔는데 아무 느낌이 없으면 무슨 소용이겠어요. 소소한 행복을 강조했듯이 그냥 제 마음을 적는 거예요.

글을 쓸 때 나쁜 말이 떠오르면 긍정적인 생각으로 바꾸어요. 혹 좋지 않은 생각이 떠오르면 혼자 여백에 씁니다. 굳이 나쁜 말을 다른 사람에게 할 필요는 없으니까요. 설령 나쁜 말을 한다고 해도 긍정적으로 마무리하는 게 좋은 것 같아요. 그러면 저도 모르게 힘이 생기죠. 매일 부정적인 말만 하면 주위에 사람들이 하나 둘 떠나갈 거예요. 저도 겪은 적이 있고요.

참 아쉬운 거 같아요. 모든 사람이 소중한데 서로 싸우고 헐뜯고요. 저도 "그러면 안 돼!" 라고 마음을 먹어도 이기적인 마음, 나쁜 마음이 생기는 걸 보면요.

전화하면 어떤 말을 해야 할지 생각나지 않을 때가 있어요. 친구들과 얘기하다가 실수를 한 적도 많았어요. 그런데 요즘은 이야깃거리도 많아졌고 실수도 많이 줄었어요.

우리 주위에 이상한 사람들도 많지만 좋은 사람들도 많다는 것을 잊지 않으려고요. 아는 형님이 그러더라고요. 참 자기도 나이가 드니까 꼰대 행동을 한다고요.

그런 거 있죠. '나는 부모님처럼 하지 않아야지.' 하는데 어느새 나도 모르게 행동을 닮아가고 있다는 거요. 꼭 다짐했던 것처럼 앞으로는 제 암시를 하려고요. 그때그때 상황을 기억하고 힘들었던 점을 서로 나누고 그러려고요. 제가 생각했던 대로 안 될 때도 있죠. 나는 그냥 잘하려고 하는데 나를 얕잡아 볼 수도 있고요. 인간관계에서 힘들 수도 있어요.

그런데 내 중심을 잘 잡고 마음에 힘이 있으면 그리고 혹 서로 사이가 안 좋아지더라도 내가 그럴 의도로 한 게 아니라고 행동하면 나중에는 오해가 풀리더라고요.

저도 그런 적이 있습니다. 술자리에서 실수로 제 생각으로 오해를 하고 그냥 말한 적이 있어요. 그랬더니 친구가 화가 났더라고요. 미안해서 문자를 한 통 보냈어요. 미안하다고요. 그리고 저는 평상시처럼 지냈어요. 그랬더니 어느 순간 친구와 오해가 풀렸어요. 그 친구가 느꼈다고 생각해요.

제가 나쁜 의도로 말하지 않았다는 걸요. 친구 중에 제가 생각하기로는 사이가 안 좋은 사람이 딱 한 명 있어요. 매일 남을 험담하는 애였죠. 같이 있으니 저도 모르게 사람을 험담하고 있더라고요. 주위 사람이 중요하다는 걸 그때 처음 알았어요. 같이 놀던 친구들 사이도 다 안 좋아지고요. 자기중심이었습니다. 후에 느꼈죠. 남을 험담하면 언젠가 나에게 그대로 돌아온다고요.

그래서 글을 쓰는 삶을 계속할 겁니다. '남들에게 나쁜 이야기는 하지 않을 거야.' 라고요. 카카오톡을 보면 나와의 채팅이 있어요. 거기다가 간혹 그런 말을 합니다.

'괜찮아. 힘내자. 그럴 수도 있지. 지금처럼만…….'

저에게 이야기하는 거죠. 남들의 이야기는 잘 들으면서 내 안의 이야기는 듣지 않는 건 제일 위험한 것 같아요. 누군가를 뭐라 하는 건 아니고 여자 아이들은……. 아! 요즘엔 남자들이 수다가 더 많더라고요. 서로 힘든 점을 이야기하고 위로 받고 싶어 하는 건 당연하지만 이야기하고 나면 힘이 빠지는 것 같아요. 진이 빠진다고 하나요? 오히려 힘이 나야 하는데 말이죠.

그런데 글쓰기는 그런 게 없습니다. 내 마음을 위로해 주고 혼자서 해결 방법을 못 찾을 때도 있지만 책을 자연스럽게 읽게 되니까 자신만의 돌파구를 찾을 수도 있고요.

하고 싶은 게 많아서 헤맬 때 생각하게 되더라고요. 내게 꼭 필요한 것, 내가 꼭 하고 싶은 것은 무엇인지 생각하게 되고요. 조금 멀리하게 될 것을 알기 시작하죠.

누군가에게 도움을 받는다고 내가 부족하고 못난 것은 아닙니다. 저에게 도움을 주었던 분도 누군가에게 도움을 받았을 거고요. 처음 생명이 생긴 이후부터 누군가에게 도움을 받지 않은 사람은 없다고 봅니다. '도움을 받는다고 꼭 잘못된 건 아니구나.' 라고 생각해요.

한 번씩 생각합니다. 내가 진짜 행복할 수 있으려면 어떻게 해야 될까? 그러자 생각이 드는 것이 '내가 뭘할 때 즐겁고 시간 가는 줄 모를까?' 라고요. 유튜브를 보면 축구를 단지 좋아하던 이들이 모여서 축구 얘기를 하다가 콘텐츠를 만들어 지금은 많은 사람이 영상을 보고 따라하게 되었고 어느 새 하나의 기업이 되었더라고요. 느꼈습니다. '저렇게 자기가 좋아하는 일을 할 수 있다는 게 얼마나 멋진 일인가! 라고요. 그러기 위해서는 우리가 바뀌어야 한다고 생각합니다. 꼭 함께 세상이 아름다워지게 만들어요.

감사일지 권유를 받다

글쓰기를 시작하고 참 감사한 일들이 많이 생겼어요. 좋은 사람도 많아지고 제가 좋아하는 분들도 많아지고요. 무엇보다도 감사할 마음이 우아하게 생기고 있어요. 사물을 보는 데도 재미가 있고요. 감사하는 마음이 마구마구 생겨요. 그저 친구에게 고맙다고 말도 많이 하고요.

가족, 어머니에게 쑥스럽지만 감사하다고 많이 말해요. 주위 관계도 좋아져요. 내 상황을 볼 수 있고요. 참 할 수 있다면, 내게 상처 준 친구도 용서하고 싶어지더라고요. 그런데 그러지는 않으려고요. 나를 보고 비하하는 사람을 미워하면 안 되지만 행동은 나쁜 거잖아요. 자주 그런 행동을 보이면 생각해야 합니다. 과연 나와 관계를 같이 할 사람인가라고요. 생각해 보고 아니다 싶으면 조금 멀리 할 필요가 있는 것 같습니다. 나도 물들어 가더라고요.

글을 쓰고 줄이기를 하니 삶이 더 윤택해지는 것 같습니다. 별로 신경을 많이 써야 할 것에 신경을 덜 쓰죠. 제가 글을 쓰고 가장 잘했다 싶은 점이기도 해요. 다방면으로 잘하고 싶지만 그렇게 되면 정말 좋지만 내가 진정하고 싶은 것을 찾는 게 더 중요하죠.

감사일지를 써 보라고 아는 선생님께 권유를 받았어요. 선생님은 5년 동안 한 번도 빠짐없이 글을 썼다고 하시더라고요. 대단하신 것 같아요. 감사할 일이 없으면 감사할 거리를 만드는 그런 분이세요. 힘이 있으시고 하시는 일을 사랑하시는 것 같아요. 보면 느껴지잖아요. 멋지다고요. 저는 감사일지를 따로 쓰지는 않지만 아까 말했듯이 그냥 순간순간을 기록하고 있어요. 좋더라고요.

글을 쓰니까 사고력도 오르는 거 같아요. 그 힘이 느껴집니다. 일상에 기억하고 싶은 내용이 많습니다. 그냥 짧게 기록하는 겁니다. 내용이 좋든 좋지 않듯 그저 기록을 하다 보면 좋은 느낌들이 떠올라요. 그런 것 있죠. 간혹 가다가 내가 쓴 글을 읽고 '오! 조금 잘 썼네?' 라는 생각도 들고요. 하루하루가 똑같은 게 아니라 뭐가 달라도 다르죠. 오늘은 미역국을 먹었네, 오늘은 양념이 된 돼지고기를 먹었네 라고요. 생각만 해도 군침이 도는 것 있죠. 정말 맛있게 먹었던 기억이 나고 '하루하루 아직 어떤 일이 펼쳐질까?' 라는 생각은 안 들지만 저에게 감사일지를 권유한 선생님은 즐겁대요. 일상이 감사하고요.

저도 언젠가는 하루하루가 즐거워지겠죠? 요즘은 참 좋습니다. 글을 쓰고 뭔가 천천히 생각도 하고 느긋하게 행동을 하는 것 같아요. 이를 닦을 때도 뭐가 그리도 급한지 참 이를 닦는데도 급하고 쫓기는 기분 있잖아요. 가슴이 두근거리고요. 그런데 글을 쓰고 나서는 가슴이 덜 두근거립니다. 또 근거릴 수도 있겠죠. 그런데 글을 읽고 쓰는 삶을 하니 지혜도 얻게 되고 내가 이럴 땐 이렇게 행동하는 게 도움이 됐댔지, 라고 생각도 하고요. 어떤 힘듦보다 대단한 것은 감사인 것 같아요. 서로에게 감사하는 마음이 있으면 미워도 금방 화가 사그라지더라고요. 마음속으로 이렇게 외치면요.

'이 순간이 고마워. 별것 아닌 일에 깊게 생각하지 말자.'

물론 갑작스러운 변화나 사고 아픔은 어떻게 할 수 없다는 것 압니다. 저도 그랬고요. 그런데 조금씩 조금씩 노력하다 보면 좋은 마음을 가질 수 있지 않을까 생각합니다. 그래서 저도 읽고 쓰는 삶을 하는 이유이기도 하고요. 그러다 제가 쓴 글을 읽고 누군가가 감명을 많이 받으면 좋겠다는 생각을 하곤 합니다. '얼마나 멋진 일일까.'라고 생각이 듭니다.

그 기분은 말로 표현하지 못 할 것 같아요. 잊어버리기 싫습니다. 제가 겪은 고통을 말이죠. 누군가의 칭찬을 바라는 것보다 아무도 예상하지 못했는데 칭찬해준다거나 힘을 주면 참 좋죠. 그러기 위해선 나의 품격을 올려야 합니다. 그 느낌을 일회성으로 느끼지 말고 유지하기 위해서요. 글을 쓰다 보면 느껍니다. 흘러간 시간이 아깝다고요. 그런데 반대로 생각해 보면 느끼죠. '지금도 늦지 않았어.'라고요. 글을 읽은 적이 있습니다. 1분이라는 시간이 엄청 짧은 것 같지만 어떻게 보면 참 긴 거라고요.

누군가에게 반갑게 인사를 할 수도 있고 연인에게 헤어지자고 말을 할 수도 있는 그런 시간이죠. 누군가가 1분이라는 시간을 정말 잘 사용하면 인생이 달라질 거라 생각합니다. 저도 느껴졌어요. 의미 없이 친구들을 만나서 시간을 보내는 것보다 자주 못 만나더라도 짧은 인사를 하려고 합니다. 누군가에겐 정말 감동을 할 수 있거든요. 저도 그렇고요.

그러려고 노력 중이에요. 글을 쓰고 난 다음부터는 싸우려고 하지 않고 남들을 배려하고 긍정적인 말을 하는 거요. 참 감사하죠. 살아 있다는 것이요. 죽을 만큼 힘든 사람들 마음을 압니다. '얼마나 힘들까?'라는 생각이 듭니다. 그런 분들을 제 주제에 이기적인 제가 도와줄 수 있을 거라고 생각하지 않아요. 그런데 제 글을 읽는 분들이 소수여도 읽고 간단하지만 진심으로 응원하는 겁니다.

할 수 있다고 힘내자고 저는 그 말이 너무 듣고 싶었어요. 누군가가 저에게 그런 말을 해 주길 간절히 바랬죠. 아무도 없는 방안에서 슬퍼서 모든 걸 포기하고 싶을 때 그 말 한 마디가 얼마나 듣고 싶었는지 몰라요. 그래서 제 주위부터 따뜻하게 대하려 하고 있어요. 혹 친구가 약속을 펑크 내도

"다음에 보자~" 라고 하고

힘들다면

"에고~ 힘들겠다. 힘내자." 라고 말하기도 하고요.

감사하죠. 이렇게 글을 쓸 수 있는 팔이 있다는 것을요. 제 인생에서 정말 잘한 것 중 하나도 글을 쓰는 삶을 살고 있다는 것에요. 놓치고 싶지 않아요. 포기하고 싶고 쓰기 싫을 때도 있겠지만 쓰려고요. 그냥 말이 안 돼도 쓰는 겁니다. 그러다 눈물을 흘리기도 하고 남들의 마음을 헤아려지기도 하고요.

저는 참 꿈이 없었어요. 아직도 그렇고요. 그런데 글을 쓰니 이게 직업이 될 수 있다고 생각은 안 하고 사실 부모님도 그렇게 좋아하지도 않을 것 같고 무엇보다 제 실력이 형편없기 때문에 생각도 하지 않지만 즐거울 때가 있어요.

얼마 전 아는 형님과 전화통화를 했습니다. 돈은 많이 버는데 바빠 죽겠다고 하더라고요. 형은 돈만 많이 벌면 뭐든지 하겠다던 형이었는데 힘들다고 와서 일 좀 하라고 하더라고요. 저는 싫다고 했죠. 장난으로요. 그리고 문자 한 통 보냈습니다. 건강 챙겨가면서 일하라고요.

참 감사하죠. 글을 쓰는 삶을 산다는 것 자체가요. 감사해요. 이렇게 글을 쓸 수 있는 상황을 주는 것도 감사하고 무엇보다 함께 생활하는 친구들. 부모님이 있다는 사실이요. 그저 쓰는 겁니다. 감사하다고요. 저도 효과를 아직 많이 느

끼지는 않았지만 하루에 '감사한다.'를 백번 쓰고 효과를 본 분이 있다는 걸 보고 느꼈습니다. '나도 꾸준히 하면 효과가 있지 않을까.' 라고요. 감사하다는 말 참 좋은 것 같습니다. 누군가 저에게 선의를 베푸는 거잖아요. 그런 사람이 있다는 것 멋지지 않나요. 저는 꾸준히 일상을 적어 나가려고요. 누군가를 기다릴 때 잠시 쓸 수도 있고요. 그냥 저 자신을 위해서도 쓰는 겁니다.

언젠가부터 너무 받으려고만 한 것 같습니다. 받기만 하면 이기적이게 되죠. 다들 그래요. 많이 봐왔고요. 말끝에 진심을 다해 감사하다고 얘기하는 겁니다. 감사하다고요.

그러면 받기만 하다가도 '아, 나도 선의를 베풀자.' 라는 생각이 들 수 있어요. 그리고 가족에게 꼭 잘하세요. 제일 가까운 사람이잖아요. 제일 가까운 사람과도 잘 못 지내는데 다른 사람과도 원만하게 지낼 수 있을 거라고 생각 들지 않거든요. 어머니께 여쭤봤던 적이 있습니다.

"어머니는 언제 제일 행복했어요?"

"네가 태어났을 때가 제일 행복했지."

라고요. 참 슬프더라고요. 나는 나만 생각했었는데 어머니는 얼마나 그렇게 기다리고 나를 사랑했는지 생각을 하니 가슴이 아프더라고요. 물론 그 감정은 오래가지는 않았지만요. 그냥 생각하는 겁니다. 중심을 잡고 감사하다는 마음을 자주 가지자라고요.

꾸준히 하는 것이 중요한 것 같습니다. 저는 할 겁니다. 앞으로도요. 중심을 잡으려고 노력하려고요. 그렇게 하면 조금 힘들어도 금방 페이스를 찾을 것 같아요. 속으로 외칩니다.

'감사합니다.' 라고요.

내가 누군지 알게 되었다

제가 좋아하는 게 뭔지 잘 몰랐습니다. 어떤 것이 옳고 나쁜지 몰랐죠. 어떤 것이 옳은지 모를 때 생각했습니다. '내가 하는 일이 옳은가?' 모두 다 그렇더라고요. 누구는 일이 힘들어서 그만두고 싶어도 생계를 위해선 어쩔 수 없이 직장에 다니는 것도 있고요. 참 힘들 거라고 생각합니다. 저도 공무원이라는 좋은 직장도 힘들었으니까요. 그런데 조금은 누가 뭐라고 해도 흔들리지 않을 것만 같아요. 흔들리지 않을 것 같다고요.

누가 뭐라고 해도 그냥 그러려니 하려고 노력하고요. 저도 생각했어요. 이렇게 힘든데 어떻게 그렇게 지내냐고요. 그럴 때면 생각했죠. '나는 절대로 그렇게 안 돼. 내 성격이 이런데 절대로 그렇게 할 수 없다.'고 생각했어요. 그런데 조금씩 변화가 있었습니다. 힘들 때 누군가에게 기대어 얘기도 할 수 있고요. 저의 마음 소리에 집중하고 있어요. 그냥 짧게도 많은 말을 했어요.

그러면 감사하겠다고요. 신경통이 있을 때 제발 신경통을 조금 없애달라고 그랬죠. 얼마나 힘들었는지 상상도 하지 못할 거예요. 걸을 때마다 찌릿찌릿거리는 것을 보면 생각만 해도 싫네요. 신경이 쓰여서 집중할 수가 없었어요. 그런데 약으로 괜찮아지니까 감사했던 마음이 싹 사라지더라고요. 그새 감사함을 잊고 살아가고 있었습니다.

어제 친구와 전화통화를 했어요. 제가 정말 좋아하는 친구인데 군대에 있어요. 그 친구에게 너무 감사해요. 제가 많은 걸 배웠거든요. 남들에게 어떻게 대해야 하는지 배우게 되었죠.

"시간이 안 맞아서 내일이나 돼야지 만날 수 있을 것 같은데."

친구들과의 관계에서도 예의가 필요하다고 생각해요. 저는 친구들에게도 장난으로 뭐라고 잘 안 하려고 노력하거든요. 그러니까 제 생각인데 저에게 친구들이 잘해주는 것 같습니다. 서로서로 놀려대지 않아도 재미있게 지낼 수 있어요. 과학적 결과를 본 적이 있어요. 잘 싸우고 화해를 빨리 하는 부부는 좋은 관계가 아니라고 그러더라고요. 이미 싸울 때 뇌에 상처를 준대요. 그냥 사이 좋게 지내고 진심으로 얘기하는 겁니다. 이러이러한 점을 고쳐 주었으면 좋겠어. 라고요. 그러면 상대방도 느끼게 되는 것 같아요. 저는 글을 쓰고 아버지를 많이 이해하게 되더라고요. 내가 아버지의 입장이 되어도 그렇게 할 것 같더라고요. 내 입장만 생각하지 않았나 싶어요. 내가 누군지 내 주위 사람은 어떤지 생각하게 되었죠. 그러니 대인관계도 더 원만해지고 그리고 말을 할 때도 잘못 했던 모습이 많이 사라지더라고요.

이제 말을 해도 조리 있게 말을 할 수 있는 것 같고 쓸데없는 걱정이 줄었습니다. 여러분들도 한 번 감사하다고 매일 써 보는 건 어떨까요. 오늘 시원한 공기 맞으며 운동할 수 있음에 감사하다고요. 참 감사합니다. 제가 이렇게 살아 있다는 것이요. 매일 '그냥 하늘나라로 갔으면 좋겠다.'고 생각했었는데 말이죠. 그저 맛있는 밥을 먹는 것만 해도 좋다고요. 감사할 거리를 만들다 보면 즐겁죠. 저는 신념이 하나 있어요. 저와 함께 하는 사람은 저를 편하게 대해주도록 저 자신을 만들어가고 싶은 거죠. 물론 저를 업신여기지 않게요. 제가 그렇게 생활하려고 하니 사물들 지인들이 좋아지기 시작했습니다.

얼마 전 친구 생일이라 조그마한 초코케이크를 하나 보냈는데 답장이 오지 않더라고요. 낮 2시가 되어서도요. 그래서

"혹시 술 먹고 휴대폰 잃어버렸나?"

하니까 웃더라고요. 그냥 실없는 농담이라도 하는 겁니다. 그래야 인생이 재밌잖아요.

아버지가 그래요. "이런 사람도 있고 저런 사람도 있다. 별의별 사람이 다 있다 라고요." 제가 누군가에게 별난 사람일 수도 아닐 수도 있죠. 그저 많은 사람이 저를,

'쟤, 괜찮네.'

라고 생각해 주었으면 좋겠습니다.

어느 순간 느낀 점이 '모든 사람에게 다 맞출 수 없다.' 라고 느꼈어요. 모든 사람에게 다 맞출 수 없으니 그저 생각하려고요. 많은 사람이 나를 좋아하는 것만으로 '나는 괜찮아.' 라고요. 제일 힘든 사람이 아플 때 옆에 아무도 없는 사람인 것 같아요. 참 아쉽죠. 그런데 어떻게 보면 나의 잘못도 있어요.

내가 그렇게 했기 때문에 지금의 내 상황이 된 거라고 생각이 듭니다. 글을 쓰고 이런 생각도 하니 정말 좋은 것 아닐까요. 생각이 많았습니다. 남의 걱정까지 걱정하고요. 그런데 내가 모르는 사람의 걱정은 하지 않으려고요. 내 걱정만 하기도 바쁜데 말이죠. 좋은 인연이 있다면 놓치지 마세요. 제가 요즘 휴

대폰을 자주 보니 어머니께서 그러시더라고요. 같이 있을 때는 휴대폰 안 보았으면 좋겠다고요. 느꼈죠. 그렇게 해야 한다고요. 같이 시간을 내서 함께 하는 거는 그 시간에 집중해야 하는 건데 그렇지 않다는 것은 상대에 대한 예의가 아니라고 생각이 들었어요. 내 중심을 잡고 생활 하다 보니 옳고 그름을 빨리 판단할 수 있는 것 같아요.

앞으로도 제 실수가 있으면 고치려고 노력할 겁니다. 그리고 온 마음 다해 생활할 거구요. 한 번씩 포기하고 싶을 때 글을 쓸 겁니다. '이러이러해서 힘들었지. 이럴 땐 이렇게 하자. 그리고 힘내자!' 라고요. 요즘 기분이 괜찮아서 그럴 수도 있지만 마음을 다해 생활할 겁니다.

친구들의 연락을 기다렸어요. 샤워하다가도 '누군가 연락이 오면 어쩌지?' 라고 생각이 들었고요. 그냥 조금 뒤에 해도 되는데 말이죠. 이제는 연락이 와도 약간의 심적 여유가 생겼어요. '조금 뒤에 연락하지 뭐.' 라고요. 내가 제일 중요합니다. 세상에 이끌려 다니는 것이 아니라 내 중심으로 살아야 하죠. 병원에 있었을 때는 배식이 나오면 정말 맛없다는 생각으로 억지로 먹었습니다. 물론 건강을 위해서 또 집에서는 어머니가 해 주시는 음식을 맛있게 먹어야 하지만…….

친구들과 음식을 먹으러 가도 저는 친구들이 먹자고 하는 음식만 먹었어요. 그럴 때 후회되더라고요. 아직 그렇고요. 내가 먹기 싫으면 먹기 싫다고 말할 줄 알아야 한다고 생각해요. 어떨 때는 딱 잘라 말해야 하기도 하고요. 많은 나이는 아니지만 이제 제 주관을 가지고 살아가야죠.

1. 온 마음 대해 생활하기
2. 힘든 사람 도와주기

3. 할 수 있다는 마음 가지기

4. 싫으면 싫다고 말하기

5. 내 마음을 소중히 여기기

6. 걱정 그만하기

등등 한 번 자신의 주관을 가지고 살아가요. 우리. 저는 '함께' 라는 말을 정말 좋아합니다. 그럴 때 드는 생각이 '난 혼자가 아니야.' 라고 생각이 들더라고요. 주위 지인들에게 얘기하는 겁니다. 함께 이겨 나가자고요.

많은 것을 놓쳤던 순간들이 아쉽다

어렸을 때 왜 그렇게 책을 읽는 게 싫었을까요. 매일 책 보는 척만 하고 딴짓하고 그럴 때 있죠. 다들 그러셨을 거예요. 몰래 딴짓을 하다가 어머니가 들어오면 책 보는 척하고요. 그때의 순간들이 참 아쉬워요. 수많은 고전 명작 소설, 그 책들을 제대로 읽었다면 한층 성장한 사람이 되었겠죠? 아직 늦지 않았어요. 아까도 말했듯이 1분이 중요하듯이 남은 인생을 책을 읽으며 지낸다면 앞으로 멋진 날들이 펼쳐질 거라 확신합니다. 그래도 아쉬운 것은 변하지 않아요.

저는 국어를 정말 못했고 싫어했거든요. 그런데 어찌 보면

'나는 국어를 못해.'라고 생각해서

국어를 못 하지 않았냐는 생각이 들어요. 수능 치기 전에는 국어에 자신이

붙었거든요. 국어를 못한다는 생각으로는 잘해내기 어려워요. 그래서 '난 국어를 잘해!' 라고 마인드 컨트롤을 했던 기억이 나요. 아직 국어는 두려워요. 글 쓰는 것도 잘 쓰지 못해서 엉성하죠. 그런데 재미있어요. 글 쓰는 것이요. 책을 우선 읽다 보니 굳이 다른 사람을 만나지 않아도 책을 통해 멋진 사람들을 만날 수 있죠. 그 사람들의 지혜를 배울 수도 있고 에너지를 받을 수도 있어요. 제가 좋아했던 사람을 생각하며 추억에 잠기기도 하고 앞으로 어떻게 지내야 할지 배울 점도 생기고요.

운전한 지 얼마 안 되어서 '혹시 사고가 나면 어쩌지?' 라고 생각해요. 그런데 요즘은 조금씩 자신감이 생겨요. 마음속에서 저도 모르게 힘이 생기죠. 신기해요. 제가 생각했을 땐 글을 쓰고 읽음으로써 아는 게 많아지고 해결책이 서니까 자신감이 생기는 것 같아요. 예를 들어 걱정이 많을 때요. '어떻게 해야 되지? 어떻게 해야 남들의 걱정을 나도 하지 않지?' 라고 생각할 때가 있었어요. 정말 쓸데없는 걱정이죠. 그럴 때 드는 생각은 내게 주어진 일에 최선을 맡은 바를 다하자고 마음을 먹어요. 제가 진심으로 대하는 말투를 보고 친구의 걱정이 풀릴 것이고 중심도 잡는 것이죠.

안 되는 건 안 된다고요. 나를 힘들게 하고 배신했던 사람에게 똑같이 복수하는 건 나쁜 겁니다. 그런데 그렇게 생각이 들더라고요. 내가 잘살고 그 사람을 다시 만나도 당당할 수 있는 모습을 가지는 것이 복수 아닌 복수라고요. 그런데 이런 생각이 들어요.

'나는 그럴 수 있는 여건이 안 돼. 나는 힘들어.'

그런데 책을 읽고 내 마음의 해결책을 조금씩 찾고 어떻게 하면 더 여유를 가질 수 있을지 해법을 찾는 거예요. 그리고 내가 좋아하는 것에 몰두하는 거예요. 물론 힘들 거예요. 그래도 노력은 해 보는 거예요. 술을 줄인다든지 화를 내는 걸 줄인다든지요. 저는 술을 마시지 않아요. 사고를 당하고 나서요. 한 잔 먹으면 두 잔 먹고 싶고 두 잔 먹으면 세 잔 먹고 싶고 그러더라고요. 저는 사고가 나고 술을 입에 댄 적이 2번 정도 있어요. '마셔도 되겠다.'라고 생각이 들었을 때요. 딱 한 잔만 먹었어요. 그리고 술을 안 마시니 자연스럽게 술자리도 줄어들더라고요. 처음엔 생각했어요. '나만 놔두고 친구들이 재미있게 놀면 어쩌지?'라고요. 그런데 생각합니다. 나는 짧은 시간을 친구와 만나도 진심을 다해 만나자라고요. 그러니 오히려 친구들 관계가 돈독해졌어요. 어찌 보면 물질로 얻을 수 있는 것보다 더 귀한 것을 얻었죠.

저는 참 게을렀어요. 아침에 일어나는 것이 너무나 힘들고요. TV 보는 것을 정말 좋아했어요. 그럴 때 그냥 아무 생각이 없었습니다. 그런데 그렇게 보내 버린 시간이 너무 아깝다고 느껴져요. 철이 든 걸까요?

꼭 행복해지고 싶다고 말은 수도 없이 했지만 행동으로 나타내지 않았죠. 요즘 자책이 줄었어요. 나 자신이 좋아지니 소중해지는 것 같아요. 많은 것이 바뀌었죠.

'친구야, 네가 약속 시간보다 늦게 와서 내가 주위를 둘러보게 해 줘서 고마워.'

라고 말하지는 않아요. 이상하다고 생각할 수도 있겠네요. 그냥 사소한 것에도 감사하자는 의미로 말씀드린 거예요. 감사하다 보면 전에 내가 잘못했던 점이 생각이 납니다. 친구들에게 상처를 준 적 제가 생각도 안 나는 말로 상처를 받았을 수도 있었겠다는 생각이 들더라고요.

저희 할머께서는 나쁜 의도가 아니라 그냥 남을 뭐라고 하십니다. 그 말에 상처를 입을 사람이 있죠. 모든 점을 완벽하게는 못하더라도 조심하는 거예요. 상대에게 감사하고 마음을 다하면 그런 경우가 줄게 되죠. 저도 느꼈어요. 한 번 해보세요. 책 읽기, 나만의 중심 잡기, 감사하기, 마음을 다해 생활하기. 친구들이 그러더라고요. 담배는 끊겠는데 술은 못 끊겠다고요. 전혀 말리지 않아요. 그런데 실수를 하지 않을 정도만 마셨으면 좋겠어요. 분명 실수를 하게 되어 있더라고요. 그리고 나중에 그 시간이 아깝게 느껴질 수도 있을 거예요. 자주가 아니라 가끔 기분이 좋을 때 마시는 건 어떨까요?

어렸을 때 책을 읽지 않은 게 후회가 되기 때문에 앞으로 책을 더 읽을 생각입니다. 얼마 전만 해도 꼭 책 많이 읽어야 한다고 생각했는데 잘 안 되더라고요. 지금은 '조금이라도 꾸준히 읽어야지.'라고 생각이 바뀌어 가고 있어요.

얼마 전 추석에도 책을 가지고 가서 조금 읽었어요. 예전에는 TV를 온종일 보았다면 이제는 가족과 얘기도 많이 하고 책을 읽었어요. 막 감성적인 기분이 되지요? 좋더라고요. 우쭐해지기도 하고요. 전에는 집중을 잘하지 못했다면 글을 쓰고 인내도 생기고 집중도 전 보다는 잘하는 것 같아요. 요즘 하루하루가 즐거워요. 막 행복한 상상을 하기도 하고요. 이 기분이 지속되기는 힘들죠. 그런데 지속하려고 노력하는 사람은 있어요. 자신의 마음을 여유롭게 하는 사람, 조급해지지 않는 사람, 그런 사람이요.

제 인스타그램에 며칠 전부터 생각이 나는 것이 있으면 적어요. 긍정적인 말로 바꿔 적으려고 노력하죠. 긍정적으로 생각하면 저도 긍정적인 사람이 되겠지요? 그렇게 생각하고 있어요.

제일 가까이 있는 가족들에게 얘기하는 겁니다. 감사해요. 사랑해요. 그렇게도 못하는데 애인들과의 시간을 오래 가질 수 있기 힘들 것 같아요.

제가 걱정이 많다고 했는데 점점 줄여 나가고 싶어요. 더 많은 해결책을 찾을 수 있게 책도 읽을 거고요. 저에게 말할 거예요. 긍정적인 말로 순화하면서요. 그리고 즐겁게 생활하려고 노력할 거구요.

즐기기도 하면서요. 제일 좋은 게 즐기면서 사는 거잖아요. 그렇게 살고 싶습니다. 진심을 다하면서요. 그리고 '아닌 건 아니다.' 라고 생각하려고요.

또 다른 기쁨

앉아서 할 수 있는 여행인 독서, 참 좋지 않나요. 독서에 재미를 붙이지 못 한다면 한없이 재미가 없죠. 다들 그럴 거예요. 그런데 성공한 대부분의 사람은 독서를 한대요. 그만큼 독서는 중요하죠. 우리나라 사람들이 1달간 책을 읽는 평균은 0.8권이래요. 그냥 한 권도 안 읽는다는 소리죠.

요즘 제가 그 평균 높여 주는 것 같네요. 많이는 안 읽어도 요즘 조금씩 읽고 있거든요. 적어도 이번 달에 한 권은 읽었으니까 평균을 올려준 것 맞지요.

한 권만 읽으세요. 그러면 우리나라 평균을 넘는 것 아닐까요? 그리고 읽다 보면 책의 재미도 느껴져요. 저번에 밖에 책을 가지고 나가서 읽은 적이 있는 데 정말 좋더라고요. 나뭇가지에 살랑살랑 흔들거리는 바람, 열심히 지나가는 개미도 보이고요. 얼마나 좋던지요. 물론 날씨가 선선했어요. 가을은 독서의 계절이라고 하는데 정말 맞더라고요. 감성적인 기분 있잖아요. 버버리 코트 입고 거닐고 싶은 마음 있잖아요. 책을 읽으니 그런 기분도 들더라고요. 색다른 기쁨 스마트폰도 덜 보게 되고요. 막 더 재미있는 걸 갈구하게 되고 더 재미난 걸 원했다면 요즘은 사소한 것에 행복이 느껴지더라고요. 전에는 꽃을 보고 감흥이 없었는데 얼마 전 어머님들이랑 차를 타고 가면서 본 꽃들이 그렇게 이쁠 수 없더라고요.

차도 옆길에 펴 있는 꽃을 보며 "와~ 이쁘다!" 고 서로 감탄도 했어요. 생명이 아름답다는 말을 그때 쓰는가 봐요. 저도 많이 회복되었나 봐요. 조그마한 일에도 감동을 하고요. 무엇보다 하늘도 이뻐 보여요. 하늘 사진을 찍기도 하고요. 몇 달 전에는 사진첩에 하늘 사진만 가득했던 기억이 나더라고요. 너무 많아서 다 지우기는 했지만요.

하늘이 정말 이뻐요. 요즘 가을이라 더 그런가 봐요. 사촌 누나와 얘기했던 게 어릴 때는 뭉게구름 보고 참 비행기 같다고 생각도 하고 자동차 같다고 생각도 했다면서 서로 얘기도 나누었어요. 언제쯤 그랬던 어린 시절이 생각이 나더라고요. 아버지와 고추잠자리 잡으러 갔던 하늘이 높디높은 그런 날이요. 메뚜기도 잡으러 가고요. 지금 잡으라고 하면 징그러워서 못 잡을 거 같아요. 다들 로또가 걸리면 불우해질 거라고 하는데 처음에는 이해가 가질 않았어요. 물론 불우해지진 않겠죠. 그런데 평소에 소소한 행복을 누리지 않은 사람은 그 로또에 걸리면 평생의 행복을 다 쓸 거 같아요. 누군가는 더 더를 갈구하죠. 행복을 누리면 그것보다 더 큰 행복을 원하는 거 같아요.

놀러 갔다 오면 다음에는 더 좋은 곳으로 가고 싶고 다녀오면 더 좋은 곳으로 가고 싶고 그렇잖아요. 저도 그래요. 이 옷 사면 더 비싼 옷 사고 싶고 그 옷 사면 또 더 비싼 옷을 사고 싶고 그러죠. 그런데 글을 쓰면요. 반성을 하게 되고 이만한 것도 감사하죠.

물론 전 아직도 더 비싼 것들을 사고 싶기도 하지만요. 그래도 많은 것들이 바뀌었다 생각해요. 어머니께서 "이거 사줄까?" 하고 하면 "아니요. 이건 너무 비싸요. 조금 더 싸고 좋은 것들 많아요."라고 해요. 어느 순간 제 상황에 맞게 말하게 되더라고요. 이렇게 제 상황에 여유를 가지게 되었어요. 그렇게 비싼 것으로 치장 안 해도 멋있는 사람 있잖아요. 그런 사람이 되고 싶어요.

무조건 놀기 좋아했던 때가 있습니다. 친구들과 만나서 술 마시고 PC방 가서 게임을 하고 맛있는 것을 먹으러 가고요. 노는 것을 계속하다 보니 '더 더.'를 생각하게 되더라고요. 어느 순간 느꼈어요. 이게 아니라고요. 놀아서 나의 가치를 높이는 게 아니라고요. 내 마음의 양식을 쌓고 내 마음의 가치를 높이자고요.

어느 순간 참 좋았습니다. 이렇게 글을 쓰게 된 기회를 접한 것이요. 누나에게 얘기해 봤어요. 글을 쓰자고요. 그런데 별로 쓰고 싶지 않다고 하더라고요.

제가 하라고 해도 안 할 거 같더라고요. 자신이 깨달아야 하죠. 누나도 그랬어요. 자신이 깨달아야 한다고요. 남이 아무리 말해도 안 듣는 사람이 있다고요. 맞다고 생각해요. 저도 그랬거든요. 그런데 제가 느낀 것은 이 사람이 바뀌길 원하면 진심으로 말하는 것이 맞다고 생각해요.

진심으로 안부를 물어주고

"나는 네가 이렇게 해줬으면 좋겠어."

라고 말하는 거요. 그러면 강요가 아니라 권유되는 것 같아요. 권하는 것과 강제는 다른 개념이잖아요. 그래도 바뀌지 않은 친구가 있긴 해요. 물론 실명을 거론하면 안 되겠죠. 그 친구를 조금 멀리하고 있어요. 내가 할 만큼 했다고 생각이 들거든요.

주위 사람이 모두 제 마음처럼 되면 얼마나 좋을까요. 그리고 시련도 없다면 말이죠. 그런데 저는 느꼈어요. 시련으로 성장할 수 있다고요.

그리고 시련도 다 이유가 있다고 생각해요. 내가 잘못을 했기 때문에 나쁜 결과가 있기도 하고요. 내가 누군가에게 상처를 주었기 때문에 나도 상처를 받기도 하고요. 젊을 때 크게 다치는 아이들을 보면 대부분 설치는 경우가 있잖아요.

군이 이 사람에게 큰 노력을 했는데도 바뀌지 않는다면 그만 하는 것도 맞는 거 같아요. 나를 위해서요. 내가 제일 중요하잖아요. 내가 마음이 편해야 좋은 말이 나오고 내가 강해야 흔들리지도 않잖아요. 어느새 저도 삶의 회의가 들 때가 많아요. '이렇게 살아도 될까? 이렇게 아무것도 안 하고 살아도 될까? 매일 누워서 평생 아프면 어쩌지?' 라고 생각도 들고요. 공무원 시험에 합격하지 않았으면 아직도 아픈 삶에서 벗어나지 못했겠죠. 지금은 질병 휴직이라는 크나큰 혜택이 있어요.

아버지가 그러시더라고요. 좋게 생각하라고요. 마음을 굳게 먹고 쉬라고요. 참 감사하죠. 아버지가 싫을 때도 아버지의 잘못도 있다고 느낄 때가 많죠. 그런데 저에게 사랑으로 대해 주신 것 하나는 변하지 않아요. 제 사고로 가족들이 돈독해졌고 제 주위 사람들을 보는 시각이 많이 바뀌었어요. 또 다른 기쁨인 거죠. 항상 재미난 것만 찾았는데 이제는 재미난 것들이 많이 있어요. 주위에요.

가족들과 산책하러 가는 것도 좋고요. 어머니와 함께 길을 걷다가 마트에 가서 시식도 하고요. 누나와 카페에 가서 맛있는 커피도 마시고요. 참 좋은 것 같아요. 내 마음의 안식처가 있다는 것이요.

게임을 좋아했어요. 축구 게임을요. 중학생 땐 어머니에게 독서실에 간다고 하고 PC방에 간 적도 있어요. 학교 끝나면 PC방에 가서 피파를 켰죠. 서로 경기를 하고 이겨서 기뻐하기도 져서 슬퍼하기도 했던 것 같아요. 그래서 눈도 나빠지고 사고력도 많이 떨어졌나 봐요. 지금은 한쪽 팔이 없어서 게임을 못 하는 것이 오히려 잘 된 것 같아요.

아직 제 친구들은 게임에 빠져 사는 친구들이 많아요. 얼마 전에 길을 가다가 친구를 새벽에 만난 적이 있어요.

"어디 가?"

"PC방."

참 대단한 것 같아요. 새벽인데 일찍 일어나서 게임을 하러 가는 걸 보면요. 지금은 전혀 게임 하고 싶은 생각이 없어요. 스마트폰을 자주 보기는 해도 게임은 하지 않죠. 웬만하면 하지 않으려고요. 컴퓨터를 만드는 사람은 컴퓨터를 하지 않는데요. 그만큼 사고력이 떨어진대요. 앞으로는 제 사고력을 높이는 독서 글쓰기를 더욱 열심히 할 생각이에요. 내일 시간이 나서 책을 한 권 읽을 생각이에요. 집에서 눈에 띄는 책을 골라 읽으려고요. 어떤 책이든 좋은 것 같아요. 도움이 되면 도움이 되는 대로 도움이 안 되면 이런 식으로 살지 말아야 한다고 생각하고요.

아직 늦지 않았지만 조금만! 조금만! 더 일찍 읽고 쓰는 삶을 알았다면 얼마나 좋았을까요.

혹시 제가 정말 좋아하는 사람이 있다면 얘기하고 얘기할 겁니다. 읽고 쓰는 삶을 같이하자고요. 함께 하면 기쁨은 두 배가 된다고 하듯이 제 기쁨을 함께 나누고 싶어요. 제가 좋아하는 사람과 함께요.

익숙함에서의 일탈

놀고 싶을 때 있죠. 정말 마음을 다해 일탈 아닌 일탈을 하고 싶은 날 말이에요. 술을 진탕 먹고 기분이 좋아지기를 바라는 적도 있고 종일 쇼핑을 하고 싶기도 하고 마음 같아선 친구들과 나쁜 짓 아닌 나쁜 짓도 하고 싶었죠. 항상 바르게 살 수는 없잖아요. 누구든 실수할 수 있고 누구든 잘못을 할 수도 있죠. 그런데 회복 탄력성이 좋아야 해요. 혹 실수를 하더라도 인정하고 잘못했다고 하고 진심으로 생활하는 거죠. 그러면 익숙함에서의 일탈이 바르고 옳은 거라도 재미있고 좋아요. 그중 하나가 글쓰기에요. 제 상상의 날개를 펼쳐 주죠. 혼자 기분이 좋아서 벅차기도 하고요. 슬플 때도 있고요. 그런데 회복력이 좋은 것 같아요. 기뻐도 주체하지 못 할 정도로 되지 않고요. 슬플 때도 빨리 회복하는 것 같아요.

글을 쓰면서 자기 암시를 하는 것 같아요. 행복하다고 적고, 슬프면 슬프다고 적고, 그리고 적다가 힘들면 힘들다고 적고, 중심을 잡으려고 노력하죠. 저는 시도 때도 없이 우울해집니다. 그럴 때면 생각하죠. 앞으로 좋은 생각을 하며 지내자라고요. 얼마나 힘든지 몰라요. 가슴 한쪽에 걱정이라는 방이 따로 있어서 문을 열고 나오는 거 같아요. 굳이 나쁜 생각을 하는 건 좋지 않고 힘들지만 암시하는 건 어떨까요? 저도 하는 것 중에 하나기도 하고요. '내 마음이 평온하기를.' 이라고요.

그러면 내 마음속에서 힘들었던 순간들이 조금은 덜 힘듭니다. 그리고 꼭 재미있는 것을 갈구하지 않아도 좋죠. 소소한 행복 있잖아요. 지금처럼만 딱 지금처럼만 행복했으면 좋겠어요. 내 중심을 잡으면서 일탈 아닌 일탈을 글쓰기를 통해서 하고요. 어제는 친구와 오랜만에 만났습니다. 이런저런 얘기도 했고요. 남자들끼리 커피숍에 가서 얘기도 많이 했어요. 말을 많이 해서 입이 아프더라고요.

그래도 예전에 비교해 좋은 이야기 나눌 수 있어서 좋았습니다. 예전 생각도 나고요. 공도 차고 약 올리기도 하고요. 친구와 그런 이야기를 했어요. 하고 싶은 것 하면서 지내는 게 좋은 거라고요. 친구도 요즘에 하고 싶은 것 하면서 대학교에 다닌다고 하더라고요. 좋은 것 같아요. 하고 싶은 것 하면서 생활하는 거요. 자신만의 스트레스 풀 방법이 필요한 거겠죠. 저는 운동을 꼭 하려고 해요. 발끝 치기와 윗몸일으키기요. 아파보니까 왜 건강이 최고라고 하는지 이제 알겠더라고요.

격하게 하는 재미있는 운동은 못 하지만 제 몸을 위해서 하는 운동이죠. 귀찮죠. 잠깐만 시간을 내면 할 수 있잖아요. 저도 많은 시간은 하지 않아요. 조금이라도 하는 거죠. 윗몸일으키기는 일반 남성들보다 잘하는 것 같아요. 조깅을 오래는 못하지만 하고 있어요. 누가 그러더라고요. 간절히 원하면 이루어진다고요. 어느 순간 느꼈어요. 나는 그만큼의 노력도 하지 않고 많은 것을 바라지 않았나 생각했죠. 성공했다는 사람을 보면 대다수가 열심히 살았기 때문에 행복할 기회를 얻은 것 같아요.

저도 깨닫게 되죠. 앞으로 노력하는 삶을 살자. 너무 큰 목표를 세우면 실행하지 못하기 때문에 사소한 것부터요. 아침에 영어 명언 하나 읽는다든지 친구들에게 진심으로 대하기 등등이요.

꼭 재미있는 것을 하는 것만이 좋은 것은 아니더라고요. 그리고 한 가지만 잘 지켜졌으면 좋겠어요. 아침에 일찍 일어나기요. 참 잘 안 되더라고요. 어찌 보면 제가 의지가 약해서 그런 것일 수도 있다고 생각해요. 끊임없이 노력하고 되뇌려고요. 일찍 일어나게요.

왜 이렇게 아침 일찍 일어나는 걸 중요시하냐고 생각할 수 있지만 일찍 일어나면 하루가 상쾌해요. 내가 계획하는 시간도 여유가 생기고요. 가슴에 좋은 에너지가 생겨요.

몇 주간 새벽 5시에 일어난 적이 있어요. 좋더라고요. 한 번씩 아침 산책도 다녀오고 남들보다 하루를 빨리 시작한다고 하니 좋더라고요. 일상에서 일탈할 수 있어요. 조금 일찍 일어나서 산책을 다녀올 수도 있고 아침에 책을 읽으면서 좋은 감동을 하기도 하고요. 그럴 때 있죠. 참 힘들 때 그럴 때 나에게 일탈 아닌 일탈의 시간을 주는 건 어떨까요. 좋은 것 같아요. 저는 참 좋았거든요. 앞으로도 노력할 거고요. 굳이 스릴 넘치고 돈이 많이 드는 일들만 좋은 것이 아니라 마음의 여유를 가질 수 있는 사소한 일들도 좋다는 걸 읽고 쓰는 삶을 통해 배우게 되었죠.

그래도 큰 꿈을 가지는 것은 잊지 않고 있어요. 유럽여행을 다녀온다든지 번지 점프를 한다든지요. 생각만 해도 아찔하네요. 참 마음이 따뜻해지고 힘도 생기는 것 같아요. 저는 친구들이 약속 시각을 어기면 그러려니 했는데 이제 느껴지더라고요. 나와의 약속을 중요시하지 않는 사람은 나를 소중하게 여기지 않는 사람이라고요. 그럼 그 사람도 나의 소중한 사람이 아닌 거죠. 혼자 아파하지 않으려고요. 그러면 저도 그 사람을 멀리 하면 되죠. 참 아쉬운 것이 있다면 직장 상사와의 관계에서는 참 힘들 것 같아요. 참 마음대로 못할 때 그럴 때가 있죠. 그러면 취미를 가지라고 하시더라고요. 나만의 스트레스 풀 취미요. 자신만의 방법이 있어야죠. 그래야지 내가 조금은 덜 스트레스 받을 것 같아요. 꼭 좋은 취미가 필요한 것은 아닌 것 같아요. 누군가는 영어공부를 할 수 있을 수도 있고 또 누군가는 운동, 음악 듣기 등 많죠. 저는 글쓰기를 할 거에요.

상상의 나래가 펼쳐지죠. 전에는 상상도 못 할 일들이 일어나고 있으니 저도 가끔 놀라요. 제가 가지고 있는 안 좋은 습관들도 고치려고 노력하고 있고요. 앞으로 어떻게 생활해야 될지 생각도 하고요. 무엇보다 익숙함에서의 일탈이 생겨요. 많은 사람의 이야기를 배우고 접할 수 있고 제가 몰랐던 세상의 재미도 있다는 생각도 들고요. 나도 그렇게 하지는 못해도 노력하면 많은 것들이 바뀔 수 있다는 생각이 들더라고요.

저는 질병 휴직 중에 있지만 공무원이잖아요. 누군가는 정말 원해서 되어 좋아하는 사람이 있지만 누군가는 하기 싫어서 그만두는 사람도 있잖아요. 각자의 스타일이 다르듯이 각자에게 맞는 상황도 다 다르죠. 어느 순간 다들 편한 것만 원하는 것 같아요. 저도 그랬고요. 아직 잘 모르겠습니다. 그냥 글을 쓰다 보면 또 많은 좋은 이야기를 접하다 보면 저도 좋은 선택을 할 기회가 오겠죠.

가족들에게 받은 은혜가 참 많아 갚아야 할 감사가 많습니다. 그런데 지금 당장은 제가 할 수 있는 것이 없어요. 그저 주어진 환경에서 노력하는 거죠. 진심으로 삶을 대하면 하늘이 알아줄 거라고 생각해요.

제 꿈뿐만 아니라 여러분의 꿈도 이루어졌으면 좋겠어요. 참 힘들 때 그런 생각이 듭니다. 참 게을러서 약해서 금방 돌아오지만 사고가 났던 순간을 생각하면 힘들고 아쉽지만 이렇게 살아 있다는 것은 이유가 있는 것 같아요. '조금 더 착하게 살아라. 감사하며 살아라.' 하고요. 한 명 한 명이 소중한데 다들 싸우고 헐뜯는 것을 보면 참 아쉬워요. 그래서 다짐해요. '나는 그러지 말아야지.' 라고요.

얼마 전 사촌 형에게 아들이 생겨서 연락했어요. 축하한다고요. 마음을 다해서요. 마음을 전하는데 1분이면 충분해요. 그렇게 많은 시간을 안 들여도 마음을 다해 축하하니 저도 좋고 형도 기뻐하더라고요. 그렇게 전율 넘치는 일을 하지 않아도 좋은 일들이 많습니다.

세상에 감사하는 겁니다.

'세상아, 고마워.'

라고요.

감동을 했으면 좋겠어요. 일상에서요. 그러면 참 좋을 것 같아요. 어느 순간 세상이 아름답게 보였으면 좋겠어요. 저도 여러분도요. 참 아쉬운 게 있다면 세상이 삭막해서 많은 사람이 힘들게 삶에 찌들어 살고 있죠. 어느 순간 뿅 하고 좋은 일들만 생기는 것은 아닌 것 같아요. 조금씩 노력해 보자고요. 매일 조금 더 감사하고 양보하고 온 마음을 다해 생활하고요. 그러면 좋은 일들이 많이 생길 거라고 확신합니다. 나보다 잘난 사람을 동경하는 것보다 내가 그 시간에 더 멋진 사람이 되기 위해 노력하는 겁니다. 어느 순간 세상이 아름답게 보이는 것만 같을 거예요. 항상 좋은 일들만 생기는 것은 아니죠. 항상 노력하는 사람은 있어요.

그런 사람이 되고 싶어요. 어느새 시간은 흐르고 있어요. 그 시간을 놓치지 않았으면 좋겠어요. 가끔 익숙함에서 일탈을 하더라도 금방 돌아왔으면 좋겠어요.

그러기 위해선 중심을 잘 잡아주었으면 좋겠어요. 어느 순간 밖으로 튕겨 나가지 않게 안전띠를 착용하는 거죠. 그러면 참 좋을 것 같아요.

금방 회복하고 금방 즐겁게 생활할 수 있고요. 익숙함에서의 일탈 한 번 실천해 나가 보아요.

제4장
치유해 주기 시작하다

말을 할 때 급함이 줄다

사고 직후 얼마 전까지만 해도 말을 하는 속도가 빨랐어요. 말하는 게 생각하는 것보다 빨라서 참 힘들었죠. 끊임없이 얘기해야 하고요. 혹 정적이 생기면 어떤 말을 해야 하나 강박감이 생긴 것 같아요. 그럴 때 불편하죠. 그러면 그런 생각이 들어요. 꼭 뭔가 찝찝하고 불안하고 말이죠. 그런데 마음의 여유가 생기니 여전히 말은 많지만 참 정적도 괜찮더라고요. 그냥 그럴 때 생각도 하고요. 그리고 요즘엔 느낀 것 중 하나가 할 얘기가 없으면 오늘 약속 시각에 오기 전에 했던 일들을 그냥 말하는 거예요. 그러면 새로운 이야깃거리가 생기죠.

친구들과 만나도 매일 똑같은 얘기만 하는 것이 아니라 새로운 주제로 얘기할 수 있다는 것이 좋더라고요. 예전에는 그저 게임 이야기, 먹는 이야기, 이성친구 이야기를 했다면 요즘 만난 친구들과는 서로 좋은 이야기를 많이 해요.

내가 잘 돼서 제가 좋아하는 친구들에게 좋은 음식도 대접하고 싶은 생각도 들고요. 오로지 저만 생각했다면 요즘에는 남을 위해 조금 내 시간을 할애하기도 하는 것 같아요.

어느 순간 시간은 지나가더라고요. 그냥 만난 친구와 헤어지더라도 마음을 담아 카톡을 보내는 겁니다. 만나서 즐거웠다고 그러면 친구도 좋아하더라고요. 고맙다고요. 나를 소중히 여겨주는 사람이 있는 것만큼 좋은 것도 없는 것 같습니다. 어느 순간 느꼈어요. 내가 아플 때 짧지만 연락해 준 친구들이 있다는 것이 고맙다고요.

참 좋아요. 글을 쓰니 느껴지더라고요. 한걸음 뒤로 물러서서 생각해 보면 '나도 그렇게 할 수 있었을까?' 라는 생각도 하고요. 이제부터는 나도 그렇게 해야 한다고 마음을 다잡기도 하죠. 그래서 성공을 하고 싶어 하는 생각도 들어요. 절대 돈을 빌려주거나 돈으로 사람 마음을 사지는 않고 싶고 따뜻한 식사 한 끼 대접하고 싶어요.

글을 쓰니 생각이 빨라지는 것 같아요. 앞에서 말했듯이 해결책을 빨리 찾으니까 이야기할 때도 실수가 줄어드는 것 같아요. 제가 좋아하는 작가님이 계시는데 작가님은 말을 빨리 하지 않으셔도 온화하고 정겨운 느낌이 나더라고요. 그럴 때 느껴지는 것이 '그렇게 빨리 말할 필요가 없겠구나. 왜 그렇게 빨리하려고 했지?' 라고 생각했어요. 실수를 연발해서 수습한다고 더 말이 빨라지고 급해지고 그랬던 것 같아요. 어찌 보면 어린아이들이 말이 많잖아요. 그런 이유도 어려서 자신이 원하는 것 하고 싶은 말을 하기 때문인 것 같기도 해요. 그런데 제가 느끼기에는 어린아이들이 부럽기도 해요. 실수를 할까봐 걱정하지 않고 하고 싶은 게 뚜렷하고요. 그렇게 하고 싶은 것도 많고 말도 많았던 우리가 너무 다른 이들을 신경 써야 하는 지에 대해 생각하면 아쉬워요.

그런데 우리는 혼자 사는 것이 아니잖아요. 하고 싶은 말을 하되 배려하고 감사해야 하는 것 같아요. 상황에 맞게요. 이 친구에게는 빨리 말해도 이해해 줄 친구다 싶으면 약간의 실수를 저질러도 웃으며 넘어갈 수 있고 격식을 차리는 자리에서는 격식을 차리기도 하고요.

항상 일관되게 사는 것도 흥미가 조금은 떨어지는 것 같아요. 우리 인생사도 항상 좋은 일들만 있지 않듯이 사람을 대할 때도 상황에 맞게 행동하는 것이 중요할 것 같아요.

말을 할 때 급함이 줄어드니까 좋더라고요. 그저 힘들기만 했던 제가 어느새 친구들의 고민을 들어주기도 하고요. 그럴 땐 이렇게 하는 게 어떠냐고 말해주기도 합니다. 해결책이 생겼다고요. 좋은 해결책이요. 어느 순간, 어머니도 그러시더라고요. 말이 느려졌다고요. 참 많은 것이 바뀌었다고요. 앞으로도 제 주관을 잡기 위해 글을 쓰는 삶을 놓기 싫어요. 조금이라도 쓸 겁니다.

제가 쓴 책이 한 권 나왔어요. '팔을 잃고 세상을 얻다' 라는 책인데요. 그 책은 내가 힘들 때 곁에 함께 해준 가족들 지인들의 관심으로 이겨낼 수 있었다는 등의 내용으로 쓰였어요. 지금은 글을 쓰는 삶으로 내 마음이 편안해지고 기쁨이 생기는 기분을 느낄 수 있는 것 같아요.

책을 쓴다는 거창한 목표 보다는 블로그에도 글을 쓰는 거예요. 그냥 느낀 점 좋았던 적 화났던 점이요. 그렇게 쓰니 이웃들이 위로도 해 주고요. 좋았던 기억을 잊기 싫은 느낌도 받았어요.

조금은 누가 뭐라고 해도 그러려니 이해도 하고요. 말을 하는 데 힘도 생기고요. 전에는 친구가 이거 하자라고 말하면 하기 싫어도 했어요. 요즘에는 싫으면 싫다고 얘기하고 있어요.

물론 친구들의 마음을 상하지 않게요. 저는 누군가가 저에게 싫다고 하면 정말 상처를 많이 받았거든요. 그래서 절대로 남에게 욕을 하거나 나쁜 말을 하지 않게 노력 중입니다. 어느새 제가 사고가 난 지 4년이라는 시간이 흘렀습니다. 남들은 겪지 못할 어마 어마하게 힘든 일들을 겪었죠. 그래도 살아지더라고요. 사람이 쉽게 죽지는 않는다고 생각도 들고요. 마음을 편안하게 여기니말을 천천히 할 수도 있고 웃기기도 하고요. 여행 가는 여자아이들에게

"맛있는 건 많이 먹되 살은 찌지 마."

라는 식으로요. 마음이 여유로우면 생각하는 폭이 넓어지는 것 같아요. 유머도 생각나고요. 전에는 그냥 아침이 되면 일어나고 점심이 되면 밥을 먹고 저녁이 되면 누워서 TV를 보고요. 그냥 시간이 흐르는 대로 살았어요. 참 재미도없고 감흥도 없었고요. 그저 공부하는 건지 잠을 자는 건지도 몰랐던 시간을보내었죠.

그런데 요즘은요. 재미있어요. 아침에 길 가다가 어디서 낯익은 사람이 보이더라고요. 친구였어요. 오랜만에 만나서 얘기를 나누었죠. 저는 그렇게 얼굴붉히는 친구가 없어요. 오랜만에 만나도 잘 얘기하죠. 그 친구와 함께 이야기했던 적도 기억나고요. 다른 친구들 이야기도 나누었어요.

이야기를 나눌 때 조금은 천천히 내 마음을 잘 전달하고 한 번씩 웃기기도하고 많이 좋아졌죠. 어느새 친구들이 군대를 다녀올 나이가 지났어요. 다들멋져 있더라고요. 남자답고 몸도 다들 좋아지고요. 그런데 여전히 철없는 친구도 많고 생각보다 철든 친구도 많더라고요. 말을 할 때 느껴지는 것 같아요. 이사람과 함께 하면 편안하다는 걸요. 저도 노력하려고요. 많은 사람이 저와 있을 때 기분 좋게 생각할 수 있도록 내 내면을 가꾸어야겠다고요. 글을 쓰고 생각이 정리되니까 말을 하고 힘이 빠진다거나 말을 하고 힘들어한 적이 별로 없어요.

말을 하고 힘이 빠진다든지 기운이 빠질 때가 있었는데 요즘은 안 그래요. 상황에 맞게 말을 하니 듣는 사람도 좋고 저도 좋고 그런 것 같아요.

그리고 누군가를 만나지 않았을 때는 빈둥빈둥 놀았다면 요즘에는 글을 쓰면서 생각도 하고 좋은 추억도 되새기고요.

어느 순간 시간이 지나서 후회할 걸 생각하니 두려워져요. 앞으로 아름다운 생을 살기 위해 노력하려고요. 앞으로도 쓰는 삶으로 제 마음을 풍요롭게 하여 말을 하는데 느려도 힘이 있는 사람이 되고 싶어요.

조급증 벗어버리기

웬만하면 약속 시각보다 빨리 가요. 그럴 때는 가서 뭘 하는 것 없이 시간을 보냈다면 요즘은 가서 주위의 느낌을 느낍니다. 글도 적고요.

서늘한 바람을 보면서 그냥 적는 겁니다. 좋다고요. 하늘이 너무 높아서 좋았고 산책을 나오면서 입고 나온 옷이 이뻐서 좋았다고요. 그냥 별것 아니어도 좋아요. 그냥 감사하고 그날의 느낌은 다시 느낄 수 없죠. 순간 순간의 느낌을 기록하다 보니 하루하루 똑같다고 생각했는데 그렇지 않더라고요. 그날 먹었던 육개장 맛이 다를 때도 있고요. 누워서 생각을 할 때도 매번 다른 생각을 할 때도 있죠. 저는 조급했던 적이 많았던 것 같아요.

일을 할 때도 걱정 때문에 빨리빨리 하려고 하고 아무 도움도 안 되는데 일 처리를 빨리하려고 하고요. 그렇다고 잘하는 것도 아니고요. 걱정되었어요. '나에게 뭐라고 하면 어쩌지?' 라고요. 그리고 '나에게 어려운 일이 생기면 어쩌지? 라고요. 다들 그럴 것 같아요. 걱정하고 조급하고요. 글을 쓰고 많이 바뀌었어요. 쓰는 도중에 재미가 있어서 의자에서 일어나지 않으니까 자연스럽게 인내도 생기고요. 급한 게 줄었죠. 전에는 빨리 쉬어야 한다는 생각이 들었다면 운동을 꾸준히 한 것도 있지만 이제는 책상에 앉아 있는 것이 두렵지가 않아요.

책상에 앉아서 자신만의 여행을 하는 거죠. 멋진 상상도 하고요. 제가 아주 괜찮은 사람이 되기도 하고요. 좋은 영향력을 느끼기도 하고요. 조급을 벗어버려요. 글을 쓰는 동안은 휴대폰을 안 보려고 노력하죠. 그러면 저 자신에게 집중할 수 있으니까요. '온전히 나에게 집중한 적이 있을까?' 라고 생각이 들어요.

한 번 글을 써 보세요. 어느 순간 자기가 쓴 글을 보고 놀랄 때가 있어요. 잘 써서요. 조금 나에게 집중을 하다 보면 내가 가장 중요하다는 걸 느끼게 되죠. 그 다음에 우선순위를 두고 살아가는 겁니다. 전화기를 받아도 좋지 않은 소리를 듣게 되는 경우는 많이 있잖아요.

저는 막 연락이 올까봐 두려웠어요. 너무 걱정을 많이 했죠. 아직도 걱정이 많아요. 그런데 확실히 말할 수 있어요. 많이 좋아졌다고요. 앞으로 더 나아질 거라 생각해요. '다리가 무너지면 어쩌지? 살이 곪으면 어쩌지?' 라고 생각이 들어요. 그런데 많이 느낀 점은 그렇게 나쁜 경우로 갈 경우는 많이 없더라고요. 힘이 든 분들에게는 안 들려요. 저도 그랬고요.

자기에게 자신감이 생기면 어려움이 와도 맞설 수 있는 것 같아요. 덤으로 조급증도 줄어들고요. 공부할 때도 그랬어요. 대충 읽고 넘어가죠. 그러면 알지도 못하면서 안다고 느껴지는 것 같아요. TEST를 해보면 점수가 낮은 걸 볼 수 있죠. 그래서 천천히 하는 것이 중요한 것 같아요. 조금 빨리 가려고 해도 오히려 더 오래 걸리는 수가 있고 많은 것을 느끼지 못하고 갈 수 있다고 생각해요. 차를 봐도 그렇잖아요. 앞차보다 빨리 가려 하다가 사고가 날 경우도 생기고 신호가 걸리면 어느 순간 따라 잡히기도 하죠. 아직 천천히 가도 늦지 않을 것 같아요. 지나가다 잠시 쉬어가기도 하고 잠시 좋은 이야기도 하고요. 수능을 망치면 아이들이 죽고 싶다고 말하기도 하고 예전에는 자살까지 했다는 뉴스 보도도 본 적이 있지요.

그렇게 만든 사회가 참 미워요. 빠르고 성과를 내게 하는 시스템이요. 어느새 곧 5G가 생긴다고 하네요. 빠르면 좋은데 내 마음은 빨라지지 않길 바라고 있어요. 나의 마음 중심점 찾기 그래서 흔들리지 않기 남들이 빨리 가려고 해도 나는 천천히 가도 늦지 않는다는 마음을 가지려고요. 여러분도 그랬으면 좋겠어요. 얼마 전 택시를 탄 적이 있어요. 너무 빨라서 불안하더라고요. 예전에는 총알택시도 있었대요. 새벽에 빨리 가야 할 때 시속 180km로 달리는 택시가 있었다고 하더라고요. 정말 급하면 어쩔 수 없지만 조금 천천히 가도 되지 않을까요.

특히 운전할 때는 느긋했으면 좋겠어요. 약속 시각에 늦는 것은 잘못되었지만 빨리 간다고 그렇게 좋은 것은 아닌 것 같아요.

어떨 때는 세수를 하는 것조차도 급했던 적이 있어요. 대충 씻고 화장실에서 부리나케 나왔죠. 칫솔질을 제대로 하지도 않고 입을 헹굴 때도 있었고요. 어머니께서 천천히 하라고 해도 귀에 들리지 않았어요. 오로지 침대에 눕고 싶은 마음뿐이었죠. 그런데 요즘은 침대에 잘 눕지 않으려고 해요.

생산적인 활동을 하려고 노력하죠. 책도 읽고요. 영어공부도 하고요. 운동도 하고요. 누워 있는 시간이 여태까지 느꼈던 순간 보다 제일 빨리 지나가는 것 같아요. 그 시간에 생산적인 활동을 했으면 어땠겠냐고 생각해요.

저에게 가장 큰 문제가 조급하다는 것이에요. 제 마음을 천천히 하려 노력하고 있어요. 그러니 제가 생각했던 것과는 다른 모습도 보이고요. 매일 가는 길도 다르게 느껴지기도 하고요. 아침에 일어나 걷다가 분주하게 출근하는 직장인 분들을 보면 마음이 짠하기도 하고요. 어떨 땐 기다림이 필요할 때가 있는데 너무 급하게 성과를 내야 하는 것이 아까워요.

아는 분 중에 건축 일을 하시는 분이 있는데 빨리빨리 해야 해서 어쩔 수 없이 시간에 쫓기게 되면 부실공사를 할 수도 있다고요. 빠르다고 다 좋은 건 아닌 것 같아요. 컴퓨터가 없을 때도 자동차가 없었던 때도 다 잘 살아졌잖아요.

시간을 어떻게 쓰느냐에 따라 많은 것들이 바뀌는 것 같아요. 저는 항상 시간이 모자라는 것 같았고 쉬고 있어도 쉬고 싶었는데 요즘은 아닙니다. 가슴이 벅찰 때가 있어요. '어쩔 수 없는 일이 생겨도 좋아질 거야.' 라고 생각이 들고요. 조금의 시간도 알차게 쓰려고 노력하고 있어요.

처음 대학생 되었던 때가 생각이 나요. 약간의 시간도 재미있게 보냈던 그때가 생각이 나요. 그때는 수업시간이 있어도 수업 끝나고 친구들과 놀러 갈 생각하면 하루가 즐거웠죠. 요즘도 그래요. 하루가 즐거워지고 재미가 있어요.

같이 마음 맞는 사람들과 모여 글을 쓸 수 있었으면 좋겠다는 생각이 들어요. 서로 피드백도 주고 서로의 마음을 더 알아갈 수 있을 것 같아요. 함께 글을 쓴다는 것, 얼마나 멋진 일인가요? 생각만 해도 좋아요. 서로 사물을 보고 느끼는 것이 다 다를 거라는 생각이 들어요. 어떤 이는 나물 반찬을 먹고 맛있다고 생각할 수도 있고요.

조급을 예로 들면 외국 선진국의 버스를 타면 너무 느리다는 사람이 있을 것이고 이 정도가 알맞다고 생각하는 사람들도 있겠죠. 사람마다 다 다르고 느끼는 바가 다르므로 제가 이렇게 하라고는 말 못 할 것 같아요. 그런데 저는 좋았어요. 좋았다고요. 아이들을 키울 때도 기다려 주어야지 잘 성장하잖아요. 이렇듯이 우리가 성장하기 위해서 조급증을 벗어버려야 한다고 생각해요. 공부할 때도 어떤 일을 하든 잘하기 위해선 인내가 필요하듯이요.

시간에 쫓기는 게 아니라 시간을 활용하려고요. 너무 나를 틀에 맞춰 사는 것도 재미없을 것 같아요.

꼭 하려고 마음먹은 것은 하려고 하고 혹 완벽하지는 못해도 있는 그대로 행하자고요. 누군가가 내가 빈틈 있는 것을 보고 좋아할 수도 있듯이요.

우리는 적어도 시간에 쫓기듯 살아가지 말고 재미있게 지내자고요. 시간을 활용하면서요.

감사합니다

참 감사한 사람이 많아요. 가족들, 누나, 아버지, 어머니께요.

"끝까지 저를 포기하지 않으셔서 감사해요." 라고 말하고 싶어요.

끝까지 저를 믿어주신 저희 어머니, 아버지도 얼마나 힘드셨을까? 생각해 봅니다. 부모란 존재는 참 대단한 것 같아요. 함께 식사하는 것도 감사하죠. 요즘 절실히 느껴요. 만일 '하늘나라에 갔으면 어땠을까? 라는 생각을 하니 더 무서운 것 같아요. 저를 감싸 안아준 거라고 생각해요.

오늘도 쉬고 있는데 동기 형들에게서 연락이 왔어요. 같이 저녁을 먹자고요. 항상 진심으로 대하려고 노력하니 저도 챙김을 받는 것 같아요. 누군가가 연락이 왔으면 좋겠다는 생각이 들면 내가 먼저 연락하면 되는 거죠. 친구들에게 연락 한 번 하는 거예요 "잘 지내니? 항상 응원한다." 고요. 그 말이 너무 듣고 싶어 하는 사람이 있을 거예요. 저는 그랬거든요. 누군가 나에게 힘내라고 힘을 주면 얼마나 좋을 거라고요. 세상이 저를 살린 것 같았어요. 그런데 요즘은 입맛도 돌아오고 즐겁게 생활하도록 마음도 다잡으려 노력하고 있어요. 나는 '안 돼. 안 될 거야.' 라고 생각했다면 요즘은 긍정적으로 생각하고 있어요.

그러니 미소도 생기고요. 실없는 농담도 하고요. 굳이 TV를 보지 않아도 시간을 보내기 좋은 글쓰기를 접한 것도 감사하고요. 글을 쓰고 좋은 분들을 만난 것이 더 감사해요. 제가 감사하다고 생각해서일까요? 친구들의 말을 들어보면 별의별 이상한 좋지 않은 사람들이 많다고 하는데 저는 이상한 사람은 많아도 좋은 사람이 더 많다고 생각해요.

요즘 아는 형님께 연락했어요. 일 잘하고 있냐고요. 일하러 오라고 하시더라고요. "저 몸이 불편해서 안 돼요."라고 하니 형이 하는 말이 그냥 오라고 하시더라고요. 장난도 치고 끊었는데 연말에 놀러 가자고 하더라고요. 사람마다 이렇듯이 내 마음을 다해 생활하는 모습을 보이면 누구든지 이해해 주고 나에게 좋은 모습을 보인다고 생각해요. 꼭 내가 물질적인 것으로 부유하지 않아도요.

남자와 여자관계도 그렇잖아요. 남자가 조금 부족해도 넓은 마음과 자기 자신을 부끄러워하지 않으면 여자들도 괜찮다고 생각하잖아요. 물론 말이 쉽죠. 그런데 글을 쓰면 제가 생각했던 방향으로 계속 흘러가는 것 같아요. 다짐을 수도 없이 하죠. 저는 책을 쓰면서 다짐을 하는 것 같아요. '할 수 있다.' 라고요. 오늘같이 힘들 때도 있을 수도 있고 기분이 좋을 때도 있는데 금방 내 마음을 온전히 지키려고 노력하는 저에게도 감사해요.

아까도 피곤해서 잠시 누워 있다가 깼는데 걱정이 들더라고요. 그때 글을 썼어요.

가슴이 두근거리는 날이 있어 뭔가 모르게 불안할 때
자고 일어났는데 가슴이 두근거릴 때

너와 함께 하면 걱정이 덜 할 텐데
혼자여서 더 힘든 것 같아.
걱정이 줄어들기를 기다리는 시간만큼
힘든 시간은 없는 것 같아.
그저 힘이 들 때
그냥 옆에 누군가가 있어 줬으면 하는데
아무도 없을 때
다른 사람보다 여린 내 마음이
싫을 때가 있어.

그런데 이제는 이겨 나갈 거야.
더 밝은 미래를 위해
마음 단단히 먹을 거야.
두려움에 지지 않게 노력할 거야.

라고요. 그냥 보잘 것 없는 글을 쓰면 참 신기하게도 기분이 나아져요. 나에게 다짐도 하게 되고요. 이런 감정을 느끼고 싶어 하는 사람도 많잖아요. 그럴 때 참 감사해요. 저에게도요. 잘 버티고 있으라고 한 마디하죠. 저는 특별한 케이스라서 갑자기 우울할 때가 많다고 의사 선생님께서 말씀하시기도 하고요. 그냥 놓아 버린다고 하는 물리 치료사 선생님의 이야기가 생각이 나요.

선생님께 힘들다고 하니 그러시더라고요. 선생님은 그냥 아프면 아픈 대로 놓아준다고요.

선과 악이 공존하는 세상에서 악으로 가는 사람이 많더라도 저는 적어도 나쁜 쪽으로는 가지 않을 거예요. 내가 먼저 다가가려고 노력할 거예요.

친척들, 가족들, 친구들에게 먼저 안부를 묻고 이야기를 하니 많은 부분이 바뀌었어요. 어렸을 때 얘기를 잘 안했던 사촌 형과도 많은 이야기를 나누고 있고요. 이제는 마음 놓고 서로의 고민을 나누는 친구도 있어요. 앞으로 이렇게 감사하면서 살면 제 인생이 조금은 더 따뜻해지지 않을까 싶어요. 부모님들도 아이들에게 시험을 못 쳤다고 뭐라고 하지 말고 수고했다고 말해 보세요. 아이들은 관심과 사랑을 주면 금방 잘해요. 조금 기다려 주자고요. 따뜻한 사람들의 이야기를 읽으면 아이들에게 이야기 할 때 진심으로 얘기하면 아이들은 좋은 방향으로 바뀌어간다고 그래요.

"나는 정찬이가 조금 인내했으면 좋겠어."

라고요. 내가 마음을 쓰는 거예요. 그리고 네 모습이 바뀌었으면 좋겠다고 말하는 거죠. 책을 읽고 글을 쓰는 삶을 살면 이렇게 저만의 해결책을 조금씩 찾아가는 것 같아요.

할머니와 커피 카페를 다녀온 적이 있어요. 좋아하시더라고요. '미리 같이 갔으면 더 좋지 않았을까? 라고 생각이 들더라고요. 항상 감사해요. 그냥 마음에 감사해 하고 있으면 그 사람이 실수해도 이해가 돼요. 왜 그렇게 어머니 아버지가 이렇게 공부를 하라고 얘기했는지 이해도 되고요. 조금 더 사고의 폭이 넓어지는 것 같아요.

꼭 마음먹는 겁니다. 여태까지 겪어오면서 긍정적으로 지내는 사람은 일이 보다 잘 풀리는 것 같아요.

저도 여러분도 사물에 감사함을 느끼는 겁니다. 할 수 있다고요. 너무 감사한다고 말한 적 있으신가요? 몇 번 없을 거예요. 그런데 세상에는 감사할 일이 정말 많다는 것 누군가는 두 발로 걸어 다니는 것이 꿈인 사람이 있고 살찔까봐 먹지 않은 고기를 정말 간절히 먹고 싶어 하는 사람들도 있을 거고요. 참 세상은 감사한 게 많은데 우리 처지에서 생각하면 감사하는 것보다 화가 나는 게 대부분이죠. 대부분의 사람은 다 평범하고 일반 사람들이 할 수 있는 것을 다 할 수 있으므로 더 좋은 것을 바라지만 저같이 한쪽 팔이 없을 때 다리가 좋지 않아서 걸을 수 없을 수도 있다는 말을 들었을 때 정말 걷고 싶다고 간절히 원했거든요.

맞아요. 저도 참 예전 생각하지 않고 바라기만 했는데 이제는 앞으로는 감사하면서 살기에도 바쁜 나날이라고 생각하려고요.

글을 쓰면서 블로그에 아주 짧은 글을 올렸는데 이웃분이 그렇더라고요. 글을 읽고 좋았다고요. 저도 좋더라고요. 제 이야기가 누군가에게 도움이 되었다고 생각하니까요.

저도 책을 읽고 도움이 되었던 것처럼 누군가도 저의 형편없는 글 솜씨를 보고 마음이 좋아지면 감사할 것 같아요. 제 이야기가 누군가에게 힘이 될 수 있다는 것을요.

남들 보다 조금 더 크게 다쳤을 뿐입니다. 저 보다 힘든 사람도 많죠. 많은 사람이 그랬으면 좋겠습니다. 감사한 삶을 살았으면 좋겠어요.

관계에서 이해해 주기

사람이란 관계 안에서 살아가죠. 가족, 학교, 동호회, 모임, 직장, 공동체 안에서 생활하죠. 저도 참 불만이 많고 짜증을 많이 냈어요. 친구에게 약속 시각이 늦으면 뭐라고 하고요. 저만 괜찮아야 한다고 생각했어요. 남들이 피해 입는 것은 그럴 수도 있다고 생각했던 것 같아요. 이기적이었죠. 다 자기에게로 돌아오게 되더라고요. 그 사람에게 나쁜 영향이 가는 것은 어느 정도는 이유가 있는 것 같아요. 어느 정도는 이유가 있어요.

돌이켜 보니 이유는 있더라고요. 내가 누군가에게 나쁘게 한 만큼 누군가도 저에게 나쁘게 하게 되는 것 같아요. "쟤랑 놀지 마!" 라고 얘기하는 친구들은 나중에 자신도 나쁜 영향을 받을 수 있는 것 같아요. 그렇게 말하지 않고 "그 친구와 약간의 거리를 두었으면 좋겠어." 라고 하면 좋겠죠. 그렇게 말을 이쁘게 하는 사람은 없던 복도 생길 거라 생각이 듭니다. 저도 이기적이었거든요.

이기적이게 만드는 사회가 참 슬픈 것 같아요. 계속 좋은 쪽으로 흘러가게 많은 이들이 노력하고 있으니 다행인 것 같아요. 어느새 느꼈습니다. 세상에는 좋은 사람도 많고 나쁜 사람도 많아요. 그런데 그 사람이 다 나쁜 것이 아니에요. 나는 그 사이에서 진심으로 생활하면 되는 것이에요. 중심을 잡은 채 흔들거리지 않게 어느새 수많은 사람이 다치고 죽고 아파하고 있어요. 그 관계 속에서 우리는 맡은 바를 열심히 하면 될 것 같아요. 덴마크에선 자신의 자식이 환경미화원이면 부모님이 나는 네가 우리 사회를 깨끗하게 만들어서 자랑스럽다고 한대요.

우리나라는 아직 인식이 좋지는 않죠. 그 인식도 어떻게 보면 각박한 삶을 살다가 힘들어진 것이지 절대로 잘못되었다고 생각하지 않아요. 어머니가 그러셔요. 누군가는 우리 주변을 깨끗하게 하는 사람도 있어야 하고 또 누군가는 음식을 하는 사람도 있어야 한다고요. 어머니가 그러셨어요. 성적도 너무 잘 받으려고 노력하지 말라고요. 누군가가 1등을 하면 누군가는 꼴등도 한다고요.

세상의 이치인 것 같아요. 각자마다 잘하는 것이 있고 못 하는 것이 있듯이 사람을 자신의 잣대에서 평가하지 않으려고요.

그리고 관계에서 사람들을 이해해 주려고 노력하고 있어요. '이 사람은 이렇구나.'라고요. 영 나랑 맞지 않으면 조금 거리를 두는 거지 판단은 하지 않아요. 이 사람이 나쁘다고요. 그가 누군가에게는 정말 소중한 사람일 수도 있으니까요. 좋은 영향력을 행하기 위해서는 나부터 바뀌어야 하죠. 책을 많이 읽고 글을 써야 한다고 생각해요. 어느새 저도 모르게 말을 이쁘게 하려고 노력하고 있는걸 보면요. 저는 유명해지고 싶지는 않아요. 그런데 그저 풍요롭게 베풀고 쓸 수 있는 사람이 되면 좋겠어요.

모든 사람이 바라는 것일 수도 있지만 소박한 꿈이죠. 어떻게 보면요. 요즘

관계에서 스트레스를 받는 사람이 많은 것 같아요. 제 주변에도 그런 사람들이 많고요. 약속을 잘 지키지 않는 사람이 있어요. 그런 사람은 조금 멀리 하면 되는 거죠.

내가 소중하지 않다고 생각이 들어요. 약간 멀리 하면 됩니다. 그렇다고 화를 내면 저만 손해니까요. 그 사람이 그렇게 하면 저도 그렇게 하면 되는 겁니다. 저도 누군가가 약속을 파토내거나 약속 시각에 늦게 오면 화가 나고 그랬어요. 그런데 바뀌게 된 계기가 있어요.

고등학교 친구인데 친구 덕분에 많은 부분이 바뀌었어요. 남을 배려를 하더라고요. 조금 늦으면 이해를 해주고요. 약간 기분이 상할 일이 생기더라도 별 신경 쓰지 않더라고요. 그래요. 화를 내면 나만 손해예요. 그저 화를 내지 않는 선에서 대처를 하면 되는 것 같아요. 화를 내다보면 어느 순간 계속 화를 내는 저를 보게 될 거예요. 관계 속에서 잘 지내기 위해선 이해해 주어야죠. 죽어도 안 바뀌던 친구가 있었어요. 지금은 거리를 두고 있어요. 연락도 오지 않더라고요. 그 친구도 어찌 보면 제가 중요하지 않았겠죠. 그냥 생각해요.

나를 중요시하는 사람들에게 노력하자고요. 대학을 다닐 때 동아리를 다녔던 적이 있어요. 거기서도 서로 친구들끼리 사이가 나빠져 보지 않는 경우가 생기더라고요.

저는 최대한 이해를 해주려고 노력하고 있어요. 처음에는 힘들었어요. 제가 더 스트레스를 받으니까요. 그런데 요즘은 그러려니 합니다. 글을 쓰고 저에게 암시하는 것 같아요. 스트레스 받지 말자고요. 그러자라고요. 그랬더니 신기하게도 많은 것들이 바뀌었어요.

세상이 아름다워 보이기 시작했고요. 제 마음이 따뜻해지기 시작했습니다. 차가운 물질이 들어와도 그 차가움을 따뜻하게 만들어 주는 것 같아요.

적어도 사람 관계에서 스트레스를 받는 일을 줄여야 될 것 같아요. 어떤 일이든 힘들지 않은 일이 없는 것 같아요. 저는 아직 뭐가 하고 싶은지는 잘 모르겠지만 누군가를 조금 도와주고 싶어요. 저도 힘이 들었으니까요. 누군가 앞에 나가서 말을 잘하지도 않아요. 그런데 진심으로 얘기하면 도움이 되지 않을까 싶어요.

사소한 것 하나에 인생이 바뀌기도 하듯이요. 관계 속에서 조금 더 살갑게 대해 주고 함께 사진도 찍으시고 많은 이야기도 나누세요. 정말 좋더라고요. 가족들과 영화를 한 편 보러 갈 예정입니다. 가족들과의 여행이 짜증나기만 했었다면 같이 산책이라도 다녀오세요. 많은 것들이 바뀔 거예요. 오늘 산책을 하면서 아는 형님을 봤습니다. 뇌 병변으로 고생하고 계시는 데 삶이 하루아침에 바뀌었죠. 건강 생각하세요. 나를 위해 화를 내지 말고 기분 좋게 생활하는 겁니다. 그러려니 하자고요.

약간 화가 나더라도 그냥 이해하다 보면 그 친구도 바뀔지 모릅니다. 저처럼요. 성격은 바뀌지 않는다고 해요. 그런데 인품은 바뀔 수 있다고 해요.

인품이 바뀌셨으면 좋겠습니다. 하루아침에 바뀌기는 참 힘들겠죠? 그저 생각하는 거예요. '매번 감사하자. 누군가에게 도움을 주는 삶을 살자.' 라고요. 그러면 조금씩 많은 것들이 변해갈 거라고 생각해요.

삭막한 세상 속에서 함께 헤쳐 나갔으면 좋겠습니다. 책을 며칠 동안 읽지 못했는데 읽으려고요. 집에서 읽어본 적이 없는 책이 몇 권 있습니다. 그 책들을 읽어 보려고요. 어떤 책이든 도움이 되지 않는 책은 없는 거 같아요. 몇 구절이 나의 마음을 울릴 수도 있고 어릴 때 해리포터 책을 시간 가는 줄 모르게 읽었던 기억도 나고요. 단 몇 줄만이라도 좋은 것 같습니다. 한 번 읽어보는 겁니다.

저는 요즘에는 마음을 담아 쓴 글을 읽고 있습니다. '와, 이런 사물을 보고 이렇게도 생각할 수 있구나.' 라고 느끼기도 하고요.

꼭 좋은 점이 있는 건 아니죠. '이런 책은 나에게 도움이 안 됐어. 남는 게 없어.' 라고 생각이 든다면 그것 또한 좋은 교훈을 얻는 것 아닐까요. 좋은 책 나쁜 책은 없는 것 같습니다. 각자의 인생사가 있기 때문에 이해를 하면서 세상을 살아 가셨으면 좋겠어요.

좋아하는 구절을 적어서 들고 다니기도 하고 휴대폰에 저장하기도 하고요. 작심삼일을 계속 하다보면 좋은 영향을 느낄 수 있을 거라고 생각합니다. 관계에서 중심을 잘 잡으세요.

할 수 있습니다. 제가 응원하겠습니다.

자존감

어느 순간 자존감이 바닥을 내리쳤어요. 자존감이 정말 중요해요. 무언가를 할 때 자존감이 없으면 헤쳐 나가기가 참 힘들죠. 자신을 사랑하지 않는데 남을 사랑할 수 있을까 싶어요. 나 자신을 먼저 돌보아야지 남의 마음을 이해할 수 있죠. 내가 행복해야 남의 행복도 빌어주고요. 조금 힘든 상황에 부딪혀도 이겨 나갈 수 있죠. 그 상황에선 힘들죠. 저는 이렇게 하라고 말을 못 하고 권유를 하고 싶어요. 조금 여유를 가지자고요. 그리고 힘들면 힘들다고 말하는 것도 필요하고요. 아는 형님이 그러더라고요.

여자 친구와 여행을 가다 보면 싸우는 경우가 정말 많다고요. 서로 처음에는 인내하죠. 이해하려고 노력도 하고요. 그런데 참다 참다가 폭발하는 것 같더라고요. 저도 잘 안 되는 경우가 있는데 힘들면 힘들다고 얘기도 하고요. 이런 점을 고쳐 달라고 얘기도 하려고요. 그런데 자주 그러면 안 되겠죠? 서로 얼굴 붉히기 전에 서로의 진솔한 마음을 얘기하는 겁니다. 저는 신혼여행을 가서 헤어지는 사람들을 보면 마음이 안타깝더라고요. 그런 일이 과연 일어날까 의심하지만 정말 이제는 느낍니다. 그럴 수도 있다고요. 친구들과도 자주 다투잖아요. 서로 마음이 맞지 않아서 화도 나고요. 그럴 때 참 조금만 이해해 주었으면 좋겠어요. 내 자존감을 높이면 잘 해결할 수 있죠. 내가 소중하듯이 누군가도 나 못지않게 소중하다는 걸 말이죠. 함께 이해하는 거예요. 살아온 환경이 다르므로 서로 맞추기가 참 힘들죠. 그래서 읽고 쓰는 삶을 살아야 한다고 생각해요. 내가 중요하고 힘들었듯이 다른 이들도 힘들 수 있죠.

나이가 들수록 어려워지는 것이 아니라 성숙해져야죠. 책이 있어요. 자존감 수업이라는 책인데 자존감을 높일 방법도 제시해 주고요. 자존감은 하루아침에 좋아질 수 없다고 하죠. 매일 좋은 날들이 일어나지는 않습니다. 그런데 매번 노력하는 사람은 있습니다. 하루하루 힘을 내서 살아가려고 하는 사람이 많다고요. 동기 형님들도 그래요. 다들 똑똑하신 분들인데도 일이 짜증날 때가 있더라고요.

다들 잘하고 멋진 사람들도 힘이 들고 화가 날 때가 있죠. 자신만의 돌파구를 찾는 것이 참 중요하죠. 어떤 사람은 주머니에서 돌멩이를 쥐었다가 폈다가 하신다고 하더라고요. 걱정될 때마다요. 사람들이 알아채는 방법은 조심스러우니까 자신만의 방법을 찾으라고 하더라고요. 아버지는 저 보고 심호흡을 하라고 하시더라고요.

그런데 저는 요즘 힘들 땐 기록을 합니다. 힘들다고요. 그러면 제 안에 있는 응어리들이 조금 밖으로 나오는 것 같아요.

해결책도 스스로 찾으려고 노력하고요. 한걸음 물러서서 생각하면 별것 아닐 수도 있고 그렇게 크게 상처받지 않아도 되는 것 같아요. 처음에는 친구들이 저에게 뭐라고 할 까봐 누군가가 저에게 좋지 않은 소리를 할까 봐 힘들었다면 요즘은 그냥 그러려니 하고 있어요. 친구들이 약속 시각에 늦으면 자주 그러지 않는다면 그저 빨리 오라고 하기도 하고요. 웬만한 것에 짜증이 나지 않아요. 내가 중요하잖아요. 내 마음이 평온해야지 행복한 것처럼 내 마음을 잘 다스리는 것만큼 중요한 것은 없는 것 같아요.

저도 기분이 좋았다가 나쁠 때가 많아요. 슬플 때도 많고요. 그런데 생각하는 것이 있어요.

나는 작가다.

나는 강하다.

세상에 감사하다.

부러울 때가 있어요. 참 많은 것들이 부러울 때요. 나보다 마음이 강한 사람, 나보다 돈을 많이 버는 사람, 나보다 인기가 많은 사람이요.

저는 그저 돈을 많이 벌고 싶기보다는 남들과 함께 할 수 있을 정도의 여유가 있었으면 좋겠어요. 돈이 너무 많으면 돈의 가치를 모르죠. 얼마나 소중한지요. 누군가는 단돈 몇 만 원이 아까운 시점인데 누군가는 하루에 몇 백만 원씩 쓰죠. 물론 이해해요. 그만큼의 노력이 있었을 테니까요.

글을 쓰니 돈의 소중함을 느꼈어요. 많은 사람의 이야기를 접해 보며 느꼈습니다. 나도 은행에서 돈을 뽑을 때 수수료가 드는 것은 별 대수롭지 않게 생각했던 점, 아무 이유 없이 돈을 썼던 점 다 반성이 되더라고요.

친구들을 대할 때도 많은 것들이 바뀌었어요. 말도 이쁘게 하려고 노력하고요. "친구야, 고마워." 라고 진심으로 말하기도 하고요. 제 마음이 여유로우니 사물을 보는 시선도 아주 여유로워졌어요. '덕분에' 라는 말을 많이 해요. 덕분에 감사하다고 하죠. 덕분에 힘을 얻었다고 하기도 하고요. 누군가가 도움을 주었는데 사소한 이야기 하는 것은 어렵지 않잖아요. 그냥 이야기하는 겁니다.

감사하다고 덕분에 행복하다고요. 저는 남자친구들 형님들과 함께 할 때 적당히 붙어서 얘기합니다. 오랜만에 만나서 좋다고요.

내 시간도 중요하지만 친구의 시간도 중요하다는 것을 깨닫고 느끼게 되었죠. 내가 중요하듯이 각자의 삶도 중요하다고요. 자존감을 높이는 방법 중에 첫 번째이자 가장 중요한 것은 스스로 말하는 것입니다. 감사하다고요. 그리고 잘 이겨낼 수 있다고요. 친구들에게 그러잖아요. 힘내라고 저에게도 얘기하는 겁니다. 할 수 있다고요. 고맙다고요.

그리고 일기 아닌 일기를 쓰는 겁니다. 자기 전에 하루를 마무리하면서 쓰는 거예요. 이렇게 좋은 기운 받을 수 있어서 감사하다고요. 오늘 친구들을 만나서 마음이 안 맞아서 힘들었지만 그런데도 진심으로 생활하자고요. 그리고 '힘든 시간이 지나갈 거야.'라고 마음먹으려고 노력하는 겁니다.

스트레스를 받지 않고 그냥 블로그에다가 글을 쓰니까 저에게 좋은 정보 주셔서 감사하다고 얘기하시는 분들도 계시더라고요. 보잘 것 없는 제 이야기가 힘이 될 수 있다고 하니 앞으로도 매사에 마음을 다해 생활해야 될 것 같습니다.

친구들과 맛있는 음식을 먹으러 가도 친구가 조금 더 먹게 배려도 해 주고 문을 열려고 하는데 들어오는 사람이 있다면 제가 열어서 잠시 기다려 주는 것처럼요. 사소함의 배려로 많은 것들이 바뀔 수 있다는 것을 느꼈어요. 친구에게 연락했어요.

"시험 기간이지? 힘내~"

라고요. 그러니 고맙다고 하더라고요. 맛있는 식사도 얻어먹었고요. 말을 이쁘게 하는 친구가 좋아요. 저는 나쁜 말도 순화해서 이야기하는 친구가 정이 더 가더라고요. 자주 만나지 않아도 힘이 나는 친구가 있지요. 저는 그런 사람이 되고 싶어요. 자주 만나지 않아도 저를 좋게 생각해 주는 그런 사람이 되고 싶어요. 어떨 때는 민망하기도 하지만 그리고 실수를 하기도 하겠지만 용서가 잘 되는 사람이 되기 위해 앞으로도 노력할 겁니다.

읽고 쓰는 삶을 멈추지 않으려고요. 며칠 사이에 책을 읽을 겁니다. 또 어떤 재미난 이야기를 들을 수 있을까. 가슴이 벅찹니다. 작가의 생각, 이야기, 책 안에 내포된 이야기를 느끼며 좋은 점을 배우고 싶어요. 그래서 제 인생이 보다 따뜻한 일들로 가득했으면 좋겠어요. 아주 작은 책을 읽는 것도 좋아요. 누워 있는 것보다 앉아서 책을 읽는 것이 더 좋은 것을 느낄 수 있는 것 같아요.

나만의 꿈을 꾸며 책을 읽고 그것을 통해 내 자존감 힘을 가졌으면 좋겠어요.

제5장
글쓰기가 재미있다

자연과 소통하기의 즐거움

자연을 느끼지 못하고 살아온 나날들이 커요. 어릴 때 소풍을 가도 그저 놀기만 바빴던 것 같아요. 석굴암에 가면 학교에서 배웠던 역사를 생각도 하지 않고 유적지에 가면 안내 표지판을 읽어보지도 않았죠. 그런데 요즘은요. 안내 표지판이 보이기 시작했어요. 예전에는 아버지에게 빨리 가자고 보챘다면 요즘에는 아버지가 보챕니다.

가자고요. 저는 이 유적지가 생겨난 배경 이야기가 재미있는 데 말이죠. 산은 무조건 힘이 드는 곳이라고 여겼습니다. 그런데 요즘에는 등산을 가고 싶어요. 좋은 공기를 맞으며 좋은 에너지를 얻을 수도 있고요. 다리가 좋지 않아 힘들지만 한 번쯤은 높은 정상에 가서 '야호!' 하고 소리도 외치고 싶어요. 어느 순간 행복한 삶을 꿈꾸는 것 같아요. 친구들과 오락실에 가도 저는 못해서 지켜보기만 했어요. 그런데 요즘에는 한 쪽 팔이 없더라도 즐기려고 합니다. 못하면 못하는 대로 친구에게 도움을 받으며 같이 하려고 하죠.

그냥 내 인생을 즐기는 거예요. 내 인생, 내가 살아가는 거잖아요. 재미있게 살기위해 그 순간을 즐기는 거예요. 잘못한다고 포기하지 말고요. 잘할 수 있다고 생각하는 겁니다. 그리고 이 순간은 다시 오지 않을 거라고 생각하고요. 그날의 날씨와 매일 똑같을 수는 없는 것 같아요. 산책을 다니다 보면 신기하게도 다람쥐를 보기도 날아다니는 잠자리를 보기도 해요. 신기해요. 생명들이 살아 움직이는 것이요. 따끈따끈한 햇살을 받으며 좋은 에너지도 생기고요. 바람이 부는 날에 달려서 시원한 바람을 쐬기도 하고요. 세상을 감탄하곤 한답니다. 전에는 느끼지 못했던 신기한 느낌들을 매일 경험하고 있어요. 너무 힘이 들어서 포기하고 싶었던 순간에 뭔가에 이끌려 글쓰기를 배웠고 글쓰기를 통해 세상을 보는 폭이 넓어진 거 같아요.

오늘도 시간을 내서 산책하러 다녀올 겁니다. 집에 있는데 참새 소리가 들리네요. 쩍쩍. 전에는 짜증스럽게만 여겨졌다면 요즘엔 신기해요. '어떻게 저런 소리를 내지?' 라고요.

자연이 아름답다고 느낀 적이 있습니다. 저희 동네에는 논과 산이 있고 산책로도 있습니다. 어제는 산책하다가 풋살장에 가서 친구를 만났어요. 그냥 공차는 것을 보러 갔는데 만났죠. 오랜만에 만나 이런저런 이야기를 하니 정말 좋더라고요. 사는 얘기도 하고 어찌 지내느냐고 하기도 하고요. 날씨가 좋아서 공 차러 왔다고 하더라고요. 재미있게 차고 오라고 했죠.

그냥 아무 생각 없이 갔는데 친구도 만나고 옛날 이야기도 하고 좋았어요. 그리고 동기 형님들과 치킨을 먹으러 강변으로 갔어요. 조금 춥고 약간 비도 내렸지만 함께 하니 그건 문제가 되지 않았어요. 비가 오면 비가 오는 대로 추우면 추운 대로 좋았죠. 텐트에 앉아서 치킨을 시켜 먹었어요. 얼마나 좋던지요.

마음이 서로 맞는 사람들끼리 함께 하면 얼마나 좋은 건지 느끼게 되었죠. 그리고 감사했어요. 저를 불러 주셔서요. 제가 제일 어려서 형님들께 잘하려고 하거든요. 형님들도 잘 챙겨 주시더라고요. 그리고 공통의 이야깃거리가 있으니 좋더라고요.

사실 어리광도 부렸어요. 힘들다고요. 힘들어서 포기하고 싶을 때도 있었다고요. 매일 만나는 사람과는 하지 않는 그런 이야기를 했던 것 같아요.

그런데 말을 해서 받는 공감보다 더 좋은 것은 글을 쓰고 나에게 힘을 주는 것만큼 중요한 것이 없다고 봐요.

글을 쓰면서 느끼는 거예요. 그날 있었던 일, 힘들었던 일, 좋았던 일들 말이죠. 저는 숲속을 걸어 다니는 것을 정말 좋아해요. 저희 동네 뒷산에서 하루를 걸어 다니는 거요. 그간의 스트레스가 씻겨져 내려가는 것 같아요. 특히 선선한 공기를 맡으며 숨을 크게 들이마셨다가 내뱉으면 머리가 깨끗해지는 느낌 있죠. 글을 쓰기 전에는 숲속을 거닐었던 적이 많이 없었는데 요즘은 자주 가요. 머리도 맑아지고 기분이 좋아져요. 그냥 나가는 거예요. 아무 장비 없이 나가서 느끼는 거예요. 도심 속을 걸어도 좋고 산책로를 걸어도 좋고 숲속을 걸어도 좋아요.

바쁘게 살아가는 사람들 사이에서 천천히 걸어보는 거예요. 그러면 마치 제가 이 세상의 주인공인 것 같아요. 남들이 다 빠르게 가고 있을 때 느리게 간다고 잘못되는 것이 아니잖아요. 그냥 마음 편하게 먹는 거예요. 마음이 급할 때 걱정이 많을 때 걷는 것을 추천해요.

그리고 한 번쯤은 도심 속에서 나와 경치 좋은 곳으로 여행을 다녀오는 것도 좋더라고요. 바닷가를 보면서 파도 소리를 들으면서 해변을 거닐기도 하고 맛있는 회를 사 먹기도 하고요. 어떻든 좋습니다. 마음의 여유가 생기는 것 같아요. 종일 걱정에 시달리고 여유가 눈에 잘 보이지 않았다면 사람 사는 것 같은 느낌이 드는 것 같아요.

안타깝죠. 대기업에 입사해서 연봉을 많이 받는 분들은 행복지수가 낮대요. 그래서 돈이 행복의 우선순위가 아닌가 봐요. 물론 돈이 중요하지만 그분들로서는 돈보다는 마음이 더 중요할 것 같아요. 저도 무언가에 쫓기는 기분이 들었던 적이 많아요.

무언가를 하고 있어도 왠지 모를 다른 압박감이 오는 거요. 몇몇 분들이 공감할 수도 있을 것 같아요. 멀리 떠나면 빨리 집으로 돌아가야 할 것 같고 한 가지에 집중하는 데 다른 것들이 생각나고 일에 치이는 분들도 그럴 것 같아요. 이것 하고 있는데 저거 시키고 그럴 때 어떻게 해야 할까. 사실 저로서는 가늠이 안 가지만 글을 써 보는 거예요. 말에 담지 못할 말을 쓰는 것보다 나에게 힘을 주는 말이요.

'잘하고 있어.' 라고요. 각 개인이 소중하죠. 저는 제일 싫어하는 것 중의 하나가 누군가를 무시하는 거예요. 다 잘하기 위해 하는 건데 서로를 욕하고 싫어하고 참 안타까워요. 조금씩 바뀌면 어떨까 싶어요. 이웃 주민들에게 인사를 반갑게 하고요.

저는 우리 아파트 청소해 주시는 어머님께 인사를 해요. 어머니는 다음 번에 힘드실 때 우리 집에 와서 커피 한 잔 하고 가시라고 하셨죠. 사람들을 상대로 속임수를 하는 사람에게까지 잘하는 것이 아니라 제 위치에서 진심을 다해 생활하는 것 중요한 것 같아요. 아파트 헬스장에 가서 아저씨, 아주머니들에게 인사를 먼저 하고요. 친구들과 약속에 조금 더 빨리 가서 반갑게 맞아주고요. 정말 웃는 얼굴에 침 못 뱉는 것 같아요.

저는 마음에 여유가 있었을 때 미소를 많이 지으려고 했어요. 그랬더니 많은 친구들과 편해지더라고요.

그냥 제가 그랬어요. 절대로 강조할 수도 없는 거죠. 그런데 그저 효과를 받았다는 생각이 크게 들었어요. 제 카카오톡 배경화면 글귀가 얼마 전부터 '그대여, 걱정하지 말아요.'라는 말을 적어 놓았는데요. 정말 걱정 안 하길 바라면서 적었어요.

자신만의 돌파구를 찾는 거예요. 누군가는 운동을 누군가는 책을 읽고 누군가는 글을 쓸 수도 있죠. 저는 산책하러 가는 것에 대해 글을 쓰는 것이 제일 좋더라고요. 혼자 다녀와도 재미있고요. 한 번도 생각하지 못했던 생명이 보이기 시작하고요.

어느 순간 뻥 뚫렸으면 좋겠어요. 걱정이라는 것이 머릿속에서 사라지기보다는 쓸데없는 걱정이 많이 줄어들기를 바라는 마음이요.

될 대로 돼라가 아니라 '이 정도는 별것 아니야.'라고 생각하는 넓은 마음을 가질 수 있었으면 좋겠어요.

왜 나이가 들면 풍경을 그렇게 좋아하고 꽃을 좋아하는지 몰랐는데 요즘 저도 신기하게 그렇게 꽃이 좋더라고요. 걱정이 줄어드는 느낌 나와는 다른 생명체도 힘겹게 결실을 보는 걸 보면서 감탄을 하기도 하고 '어떻게 저렇게 이쁘냐.'고 생각하기도 하고요.

일부로 꽃을 보러 차를 타고 멀리 가기도 하죠. 우리 인생사도 똑같은 것 같아요. 시련에 흔들려서 고개를 숙일 때도 있고 아주 예쁜 결실을 볼 수도 있죠. 그런데 가장 중요한 것은 다 소중한 생명체라는 것입니다. 저 자신을 소중히 여기셨으면 좋겠습니다.

자기 전 있었던 일 쓰기

　자기 전에 그날 있었던 일 중의 하나를 기록하고 잠이 들어요. 전에는 잠자리에 들어야겠다고 생각하고 들지 않았다면 하루를 어느 정도 끝나고 그날 생각났던 일을 기록하고 잠이 들어요. 그저 좋으면 좋다고 적고요. 앞으로 이런 마음을 유지하기 위해 노력해야 한다고 생각하고요. 슬프면 앞으로 조금 더 밝게 행동할 수 있게 해달라고 하고 잠자리에 들죠. 저는 참 좋았던 시간은 항상 잠자리에 들 때 기분이 좋은 상태에서 하루를 마치고 잠자리에 들었던 기억이 나요. 대학에 다닐 때 다음 날 어떤 일들이 일어나느냐고 생각을 하며 잠이 들었던 시간 캐나다에서 하루가 너무 벅차서 잠이 들 때까지도 기분이 좋았던 적이 생각이 나요.

　하루하루가 기분 좋게 노력하려고 해요. 요즘 잠자리에 들기 전에 있었던 일 중에 조금이라도 감사한 일이 있으니까 그걸 적는 겁니다. 말을 할 때는 마음을 다해 긍정적인 말로 말할 수 있도록 노력하면 세상도 알아주지 않을까요? 내 마음을 세상도 알아줄 것이라고 생각해요. 우리 한 명 한 명이 소중하죠. 그 사람들에게 상처도 받지만 감사한 일도 생기잖아요. 자기 전에 쓰는 겁니다. 좋지 않은 말은 긍정적으로 좋은 일들은 그 기분을 느끼면서요. 병원에 있었을 때 아무 힘이 없을 때 무기력할 때도 누군가의 조그마한 감사를 받으니 힘이 생겼어요. 조그마한 과자를 준 것도 감사하고요. 응원을 해주면 힘이 나기도 하고요.

회복이 잘돼서 먼저 퇴원할 때 응원을 해주기도 하고 제가 퇴원을 할 때도 많은 분들이 응원을 해주시더라고요. 감사하죠. 참 그런 분들을 만날 수 있어서 감사하다고 생각해요.

그저 어머니께서 환자 분이 휴지가 필요할 때 닦아드려서 정말 감사하다고 말씀하신 적도 있었고요. 얼마 전 어머니 지인 분이 해외여행을 갔는데 짐을 다 잊어버려서 카페에 글을 올렸대요. 그러니 거기 사는 한국인 분이 조금의 돈과 아기가 먹을 식량을 준비해서 기다리고 있었대요. 답례해 준다고 하니 괜찮다고 하고 가셨대요.

세상 아직 살 만한 것 같아요. 이런 일들은 평생에 한 번 있을까 하잖아요. 꼭 그런 마음을 잃지 않으셨으면 좋겠어요. 초심이 있잖아요. 누군가를 도와주고 싶다고 생각하면 중심을 잡고 행하는 겁니다.

저는 잘 안 되는 것 중에 생각해도 금방 잊어버리는 것 중의 하나가 '꼭 공부 열심히 해야지.'하고 마음을 먹는데 잘 안 되더라고요. 글을 쓰고 나서는 조금 성과가 나오지 않아도 참고 하는 마음이 생긴 거 같아요. 그렇게 큰 목표를 세우는 것이 아니라 사소한 목표를 정해요. 매일 영어 명언 읽기 같은 거요. 그리고 영어 라디오 10분 듣기. 처음부터 어려운 목표를 세우면 행하기 힘이 들죠.

그냥 시간 날 때 할 수 있는 목표를 세우는 거예요. 저는 책 매일 읽기보다는 매일 5장 정도 읽기 같은 거요. 그러다 보면 5장은 읽고 시간이 나면 그걸 넘어서 더 읽을 때가 있는 거죠. 그저 저는 영어를 놓치지 않으려고 꾸준히 하려고요. 그리고 명언을 읽으면서 이렇게 생활도 해 봐야겠다고 생각하고 있어요. 내가 잘하는 한 가지는 가지고 있어야 한다고 생각해요.

누군가는 사람들을 위해 베푸는 것을 잘하는 사람이 있어요. 자신의 것들을 아무 대가 없이 주는 사람들을 보면 대단하다는 생각밖에 들지 않아요.

저는 아직 많이 부족한가 봐요. 이렇게 물질적인 충족이 있어야만 무언가를 하려고 하는 걸 보니까요. 그래서 자기 암시를 하려고 글을 씁니다. 기록을 남기는 거죠. '이런 내가 조금씩 더 나은 삶을 살 수 있도록 도와주세요.'라고요.

며칠 전에는 이런 내용을 적었어요. 가족들과 함께 할 수 있음에 감사하다고요. 친척에 새 생명이 태어났어요. 생명을 보내기도 하고 생명을 축복하기도 하죠. 그럴 때 제 마음을 다해 생활하는 겁니다. 그러면 보내는 이도 저에게 좋은 기억을 가지고 갈 것이고 새로운 생명도 앞으로 남은 나날들을 함께 좋게 지낼 수 있지 않을까 싶어요. 사람에게 상처를 받았다고 나도 똑같이 행하면 안 된다고 생각해요. 누군가가 나를 힘들게 했다면 복수 아닌 복수를 하는 것 중의 하나가 나쁘게 대하는 것이 아니라 내가 잘 되어서 아무 거리낌 없이 자연스럽게 대하는 것이 좋은 방법의 하나라고 생각해요.

그러기 위해선 나의 가치 품격을 높여야 하죠. 책을 읽어서 많은 것을 알아야 하고 또 넓은 마음 내가 집중할 수 있는 것에 집중을 해서 멋진 사람이 되는 거요.

저는 참 마음이 급했던 제가 싫으면서도 계속 급하게 생활했는데 천천히 또 박또박 말하려고 하고 있어요. 실수가 줄어들게 되지요. 그리고 상대의 이야기를 잘 들으려고 노력하고요.

제 처지를 생각해서 나도 상처를 받았다고 생각하면 조심하죠. 제가 싫은 것은 상대도 싫을 수도 있다고요. 제 인생에서 느끼는 거지만 상대방의 부모님을 욕하는 사람처럼 좋지 않은 것은 없어요. 그리고 막말하는 사람 환경이 그렇게 되었다고 하더라도 해야 할 말과 하지 말아야 할 말이 있죠. 그중에 하나가 상대를 존중해야 한다는 거예요. 내가 소중하듯이 상대방도 소중하다는 걸 잊지 않았으면 좋겠어요. 내 의지가 약하다면 끊임없이 되뇌이자고요. 앞으로 타인을 존중하자, 별것 아닌 일에 너무 힘들어하지 말자고요.

오늘은 머리가 아파서 동네 한 바퀴를 걷다가 왔어요. 저 자신에게 선물 아닌 선물을 주는 거죠. 어찌 보면 자주 왔던 두통이 점점 줄어드는 이유가 그것 때문이지 않겠냐는 생각이 들어요. 파도처럼 좋은 일들이 밀려들어 왔으면 좋겠어요. 지워 버리고 싶었던 내 과거, 팔 다리 사고는 제가 많은 말을 할 수 있는 좋은 경험이 된 것 같아요.

남들의 말을 잘 들어주고요. 무엇보다 제 이야기를 잘 들어주어요. 학교 다닐 때 선생님 말씀을 잘 듣는 편이었다고 생각해요. 저보다 나이 많으신 분들의 이야기도 많이 들으려 하고요. 경험했다는 것은 정말 중요하죠. 사람의 경험은 그만큼 배울 점이 많다는 거예요. 상황에 따라서 다르겠지만 누군가에게 감사를 해야 하죠. 저에게 충고했다는 사실에요.

저는 요즘 충고를 하면 속으로 화내지 않고 새겨들으려고 노력하고 있어요. 어른들이 공부해라, 열심히 살아라고 하는 것은 이유가 다 있는 것 같아요. 저도 '꼰대가 될 수도 있겠다.' 라는 생각이 들 때도 있어요. 저보다 나이가 조금 있으신 형님도 놀라셨대요. 자신도 어느 순간 누군가를 가르치려고 하고 있고 조언 아닌 충고를 하려고 하고 있다고요.

꼰대가 되지 않기 위해서 더 노력이 필요한 겁니다. 내 상황에서 최선을 다하고 할 말만 할 줄 알고 몇 마디 하지 않아도 다른 사람들이 내 말에 귀 기울일 수 있는 사람이 되기 위해 우리는 노력해야 해요. 자기 전에 몇 마디를 적고 잠드는 겁니다.

'꼰대가 되지 말아야지.'

꼰대가 되지 않기를 응원합니다. 저도 여러분도요.

많은 이들의 마음을 생각하다

책에는 삶의 지혜가 있어요. 내가 생각했던 삶을 책 속에서 볼 수도 있고 나의 삶과는 다른 삶을 사는 사람을 볼 수도 있죠. 그럴 때면 진짜 대단한 사람에 대해 많은 걸 알 수 있어요. 세상에 많은 도움이 되는 사람이 있지만 또 어떤 사람은 나쁜 사람이 많죠. 어떻든 간에 배울 점이 있다는 거예요. 그리고 환경이 참 중요한 것 같아요. 교육이 그래서 중요한 것 같기도 하고요.

멋진 사람들을 보고 나도 저렇게 되어야 한다고 생각하고요. 또 불우한 사람들을 보며 주위 사람들에게 잘 대해야 한다고 생각도 하고요. 어느 순간 참 많은 것들이 바뀌었어요. 오늘은 새벽에 일어나서 글을 쓰고 있어요. 창밖으로 들어오는 햇살을 느끼며 많은 것들을 느낄 수 있죠. 남들은 허겁지겁 아침을 보낼 때 '나는 하루를 맞이할 때 여유롭게 대하자.' 라고요.

어젯밤에 뭐 했는지 생각도 하고요. '오늘 어떻게 지낼 거야.'라고 다짐도 하고요. 아침 일찍 일어나서 하루를 시작했으면 좋겠어요. 저도 여러분도요. 그래서 하루가 기분 좋게 시작했으면 좋겠어요. 잠들기 전에 그날 있었던 일을 적으며 반성하고 즐거워하며 잠으로 들어가는 겁니다. 저는 그럴 때가 좋더라고요. 소소한 행복들이 하루에 몇 번 있을 때요. 가족들과 외식을 하고 온 날 친구들과 재미있게 논 날이요.

제 주위에 많은 것들이 있죠. 혼자가 아니라는 것을 느끼고 있어요. 그리고 책을 읽으려고 서점이나 인터넷으로 사는 것보다 집에 있는 책을 읽는 거예요. 집에도 읽지 않은 책들 많잖아요. 저도 집에 있는 책을 몇 권 읽었어요. 좋더라고요.

고등학생 때는 책을 사는데 신경을 많이 썼어요. 공부 잘하는 친구들을 보면 저도 무조건 사야 했죠. 다 보지도 않았는데 말이죠. 아버지가 항상 하시는 말씀, "하나를 완벽히 하라."고 했던 말이 생각이 났어요. 다들 그래요. 학생 때로 돌아가면 공부 잘할 수 있을 거라고 하는데 지금 상황에서도 열심히 하지 않는데 과연 그럴 수 있겠냐는 생각이 들어요. 지금 현재에 충실한 사람이 더 멋진 삶을 사는 것 같아요. 매일 한탄을 하는 사람 앞에 좋은 기회가 있을 거라는 생각이 들지 않아요. 그 상황에 감사하고 열심히 사는 사람에게 좋은 일들이 생기죠.

그런 말을 믿지 않았어요. 좋은 행동을 해야 좋은 기회가 올 거라고 하는 말이요. 그런데 요즘은 좋은 마음가짐을 가지는 사람이 좋은 일들이 생길 거라 생각이 들어요. 그냥 아침 식사를 할 때 "감사히 잘 먹겠습니다."라고 말하고요. 누군가가 도움을 주면 마음을 다해 감사하다고 얘기도 하고요. 제일 중요한 건 건강해서 감사하다고 말하는 겁니다.

긍정적으로 노력하니까 정말로 좋은 일들이 생기더라고요. 그렇게 좋은 일들이 생기지는 않았지만 좋은 일들이 마구 일어날 것 같은 기분이 들어요. 그리고 왠지 나중에 좋은 집에서 살 것만 같은 느낌도 들고요. 부자가 될 것만 같은 기분이 들어요.

각자의 위치에서 최선을 다하는 사람들을 보면 배울 점이 정말 많아요. 요즘은 다들 편안한 거만 찾는 것 같아요. 휴대폰을 보면서 생각 없이 보내는 것보다 책을 읽으면서 생각을 하는 겁니다. 멋진 상상을요. 내 이름을 세상에 남길 수 있는 상상을 하면서요.

한 번 사는 인생 멋지게 살아야 하지 않을까요? 물론 나쁜 행동을 하지 않고요. 제가 이상한지 몰라도 저는 걱정이 되어서 나쁜 일을 하지 못하는 경우가 많았어요. 제가 싫기도 했어요. 제 실속을 챙기지 못하는 모습을 보면서요.

저는 앞으로도 나쁜 행동은 안 할 거예요. 제 상황에서 올바른 행동을 하려고 노력할 거예요. 그래도 안 될 건 안 된다고 말도 할 거고요. 저로서 제 위치에 맞게 생활하는 겁니다. 친구들 중에 멋지게 생활하는 친구들 보면 마냥 부러워했는데 요즘 드는 생각은 '나도 더 멋지게 살 수 있어.'라는 마음을 가지고 있어요. 팔이 없다고 못 한다고 생각하지 않고 그 위치에서 최선을 다하는 거예요.

사실 친구들과 농구도 하고 싶고 캐치볼도 하고 싶은데 그냥 친구들이 하고 있을 때 저도 하는 겁니다. 한 손으로 공을 던지면 되고 한 손으로 노력하는 거예요. 휴 허라는 MIT 공대 교수가 있어요. 젊었을 때 암벽등반을 하다가 다리를 절단해야 하는 상황이 왔어요. 그렇게 절단을 하고 너무 불편한 의족을 경험하고 자신이 더 나은 의족을 만들자는 생각을 했대요. 1년 뒤 자신이 만든 의족으로 암벽등반에서 더 좋은 결과를 내었고 지금은 두 다리가 없는 사람들이 뛰어다니고 춤을 추더라고요. 대단하지 않나요? 자신의 노력으로 결점을 보완하는 모습이요.

노력해야죠. 한 손으로 할 수 없는 것들을 하고 싶어요. 물건을 드는 것도 힘들고요. 여행을 가도 캐리어를 들고 내리기를 할 수 없어요. 두 손이 있었을 때는 몰랐던 것들이 느껴지죠. '건강하다는 것이 큰 축복이구나.' 하고요.

어머니가 그래요. 지켜보는 입장에서 너무 힘이 들었다고요. 가장 큰 불효가 부모 먼저 세상을 떠나는 자식인데 하늘이 저를 살렸나 봐요. 앞으로 부모님에게 잘해라고요. 사실 어떻게 해야 할지 모르겠어요. 그리고 살갑게 대하려고 해도 짜증이 날 때도 많고요. '어떻게 해야 하지?' 라고 생각도 많이 들고요. 한 가지 확실한 건 알았어요. '부모라는 존재는 참 대단한 거구나.' 라고요.

제가 몸을 가누지 못했을 때 휠체어에 앉힐 때 그 심정은 어땠을지 생각하니 가슴이 아파요. 처음으로 휠체어를 벗어버리고 보조 장치를 손으로 잡고 걸었던 순간이 기억납니다. 그때 어머니가 우시더라고요. 걸을 수도 없다고 했을 때 얼마나 슬펐는지 몰라요. 그때를 잊지 않으려고요. 힘들었던 시절 가족들과 함께 견뎌왔던 그 시간을요.

그 당시에는 제가 제일 크게 다친 줄 알았어요. 그렇지 않더라고요. 저보다 상황이 좋지 않은 사람이 훨씬 많았어요. 저는 11층에서 떨어져서 살았지만 3층 높이에서 떨어져 의식을 잃은 할아버지, 2층 건물에서 떨어져 지능이 아기로 되어버린 형. 참 많은 사람이 있더라고요. 앞날은 어떻게 될지 몰라요. 그러니 최대한 마음을 다해 살 필요가 있다고 생각해요. 싫어했던 사람이 크게 다치거나 세상을 떠나면 안쓰럽거나 슬플 때가 있죠. 나중에 후회하지 말고 있을 때 잘하자고 마음먹는 겁니다. 어머니와 단둘이 카페도 가고요. 아버지와 산책하러 가는 겁니다. 명절 때 할머니가 "먹어라. 먹어라."하면 하나 더 먹고요. 그저 조금 이해해 주는 겁니다. 그리고 나를 위해서도요. 뒤에 후회하지 않게요.

누구든지 소중합니다. 너무 미워하지 마세요. 너무 화를 내지도 마세요. 저를 위해서요. 내 마음을 위해서요. 말을 이쁘게 하는 사람이 좋듯이 세상을 이쁘게 보는 사람에게 더 좋은 일들이 있을 거라 생각이 듭니다. 저는 종일 누워 있을 때 정말 힘들었는데 요즘은 좋습니다. '오늘은 어떤 일들이 감사할까?' 하는 생각이 듭니다.

오늘 가족들과 영화를 보러 갑니다. 맛있는 음식도 먹고요. 힐링하려고요. 많은 이들이 혼자라고 생각하지만 혼자가 아니에요. 저도 그랬거든요. 혼자라고 생각했는데 제가 모르는 곳에서 도와주시는 봉사자들, 가족들, 친구들, 동료들이 있습니다. 혼자라고 생각들 때 책을 읽으시길 추천해요. 나와 같은 사람도 있을 것이고 나보다 힘든 사람을 보며 위안도 얻으세요. 그리고 생각하는 겁니다.

나만 힘든 게 아니다.

일상의 소소한 행복

일상 속에서 행복감을 느끼려고 노력하는 경우 있나요? 많은 분들이 그렇지 않을 거예요. 저 또한 그랬고요. 좋아하는 노래를 들으며 기분이 좋아지기도 하고요. 배가 고플 때 라면을 끓여 맛있게 먹기도 하고요. 밤에 어머니 몰래 생라면을 먹기도 하고요. 혼자 밖에 나가서 햄버거를 사 먹기도 하고요. 너무 삶을 틀에 맞추어 살려고 하면 힘든 거 같아요. 그저 사소한 것을 이탈하면서 재미를 느끼기도 하지요.

소소한 것들을 기록하기 시작했어요. 힘들면 힘들다고 표현하기도 하고 아침에 길을 걷다가 유치원에 가기 싫어하는 꼬맹이들을 보며 '나도 저랬었지.'라고 느끼기도 하고요. 한 손으로 팔 굽혀 펴기를 하면서 스스로 감탄할 때도 있고요. 조금 맛없는 음식을 먹을 때도 '이것도 못 먹는 사람이 있지.' 하며 맛있게 먹고요.

손을 벌리려고는 하지 않아요. 그렇게 해보니까 나중에 남는 것이 많이 없더라고요. 물론 의지가 강하고 규칙적으로 할 수 있는 사람들은 다 하면 좋겠죠? 저를 포함해서 대부분이 그렇게 하기가 힘들더라고요.

그래서 저도 하려고 하는 것들을 정했습니다. 매일 글쓰기, 영어, 명언 읽기, 영어, 라디오 듣기요. 재미있는 것들을 하는 겁니다. 물론 저는 영어를 잘하는 것도 글을 잘 쓰는 것도 아닙니다. 그저 하고 나면 성취감도 생기고 그리고 상상도 해요. '내가 남들에게 도움을 줄 수도 있겠구나.' 라고요. 그래서 계속 글을 쓰는 이유이기도 한 것 같아요. 앞으로도 계속 글을 쓰고 싶어요. 돈을 벌고 싶은 이유도 있지만 글을 쓰면서 소소한 행복을 더 느낄 수 있어서 그저 글쓰기가 좋아요.

앞으로도 꾸준히 하고 싶어요. 책을 읽으며 영감을 얻기도 하고 길을 걸으며 영감을 얻기도 하죠. 그럴 때면 감사해요. 이렇게 많은 것들을 보고 들을 수 있어서요. 하나하나가 감사해요. '어떻게 이렇게 좋은 것들이 내 앞에 있지?' 라고요.

친구들과 영천으로 여행을 다녀온 적이 있어요. 대구에서 조금 밖에 떨어져 있지 않았지만 조금만 떠나가도 충분히 좋은 것들이 있다는 걸 느꼈죠. 감사하기도 하고요. 그렇게 좋은 경치를 보며 "와~ 와~"를 연발하기도 하고 추웠지만 물속에 들어가서 수영도 하고 펜션에 가서 줄넘기를 하고 뛰어넘기 어릴 때 기억으로 서로 칼싸움도 하고요.

요즘에는 동심이 많이 줄었어요. 그저 좋았던 것들이 부끄러워서 창피스러워서 하지 않기도 하고요. 슬퍼도 눈물을 감추느라 힘을 쏟기도 하고요. 그저 좋아하고 슬퍼하는 것이 나쁜 것이 아닌데 말이죠. 남자들이 울면 울지 말라고 참으라고 하죠. 때로는 우는 일도 있어야 해요. 나중에는 울고 싶어도 눈물이 나오지 않을 수가 있어요. 저는 울보였답니다. TV를 보고 눈물을 많이 흘리기도 하고 친구들이 저를 싫어하면 슬퍼서 울기도 했죠. 매번 힘들게 참는 연습을 했어요. 그랬더니 놀랍게도 눈물이 나오지 않더라고요. 어느 순간요. 그런데 나중에 정말 슬플 때 눈물이 나오지 않았어요. 슬플 때 우는 것이 나쁜 것이 아닙니다. 일상의 소소함이 중요해요. 슬픈 일이 있을 때는 눈물을 머금기도 하고 정말 좋을 때는 웃기도 하고요. 그냥 그 순간순간을 느끼는 거예요.

다들 그래요. 남자는 울면 안 된다. 화가 나도 참아야 한다. 저도 동의해요. 한 가지는 확실한 것 같아요. 순간순간을 느끼는 것도 중요하다고요. 그러면 하루하루가 소중해지는 것 같아요. 그렇다고요. 정말로요. 하루하루가 여행 같고 재미난 일들만 가득하면 좋지만 그런 날들은 없어요. 노력하는 사람만이 있는 거지요. 그런 사람들이 더 행복할 거라고 믿어 의심치 않아요. 그리고 긍정적으로 말하세요.

나쁜 말을 이쁜 말로 바꾸는 거요. 뇌는 화를 낼 때마다 상처를 입게 됩니다. 커피 한 잔하면서 힘든 일을 푸는 것 좋죠. 한 가지 생각하는 것은 스트레스를 풀 때 남을 험담하지 말라는 거예요. 저도 실수로 기분이 좋아져 말을 많이 할 때 남을 흉볼 때가 있습니다. 노력하려고요. 나쁜 말을 하지 않으려고요. 그리고 '나는 못났어.' 라는 생각을 많이 했는데 요즘은 '뭐 어때?' 라고 생각합니다. '팔 하나 없고 몸이 조금 불편할 뿐이야.' 라고 생각해요. 일상이 그리웠던 저였는데 이제 할 수 있습니다. 이 소소한 행복을 놓치기 싫어요. 늘 감사한 일들을 갚아나가고 싶기도 하고요.

시간은 흘러갑니다. 사랑하는 사람과의 시간도 흘러가지요. 그 시간을 소중히 여겼으면 좋겠어요. 다시는 오지 않을 그 시간 조금 더 아름답게 쓰면 좋지 않을까요? 시간을 아껴 썼으면 좋겠어요. 저에게 하는 말인데요. 매일 빈둥빈

등 침대와 한 몸이 되어있는 제가 참 싫을 때가 많아요. 겨울이라 침대에 들어가 폭신한 이불과 함께 있는 것을 생각하면 좋은데 그러면 시간이 아깝다고 생각이 들도록 저에게 이야기하는 거예요. 조금 덜 눕자고요. 시간이 흘러가는데 남은 시간을 소중히 여기려고요.

과거의 나를 생각하는 것이 아니라 미래의 나를 생각하면서 현재에 충실해지려고요. 함께 해 봐요. 그러면 많은 것들이 바뀔 수 있다고 생각합니다. 모든 분들이 시련을 가지고 있다고 생각해요. 누구는 잘 이겨낼 수도 있을 거라고 생각하고요. 또 누군가는 힘겨워할 수도 있죠. 그럴 때 생각하는 겁니다.

'나도 시련이 지난 뒤에 예쁜 나날들이 펼쳐질 거야.'라고요. 곧 있으면 또 한 해가 마무리되어 갈 겁니다. 다들 생각하고 있는 것들 힘든 나날들 다 잊어버리고 새로운 시작할 수 있었으면 좋겠어요. 새해 다짐에 너무 거창한 목표를 세우기보다 '내 마음이 조금 더 넓어졌으면.'이라고 소원을 비는 것은 어떨까요? 남들과는 다르지만 아주 좋은 목표인 것 같아요. 주위를 둘러보고 힘든 사람을 도와주셨으면 좋겠어요. 꼭 말입니다. 언젠가 나도 힘든 경우가 생길 때 누군가의 손길이 올 거라고 생각합니다.

성공을 바랐던 저는 자신감이 아닌 자만심으로 보냈던 날들을 후회하고 있어요. 잘하는 것도 그렇다고 그릇이 큰 것도 아닌데 말만 앞서고 실수를 했던 나날들보다 성공은 하지 않더라도 소소하게 친구들에게 맛있는 음식을 대접할 정도 그리고 제 마음이 넓어져서 제 주위에 힘든 사람들이 있다면 위로의 말 할 수 있도록 제가 조금 성장할 수 있었으면 좋겠어요.

많은 시간이 지나가면서 대부분 후회를 한다고 해요. '이렇게 살 걸.' 그래서 자식들에게 뭐라고 하죠. 이렇게 해라. 저렇게 해라.

제가 느낀 것은 자신이 바뀌어야 한다고 생각해요. 공부하라고 하는 사람은 자신도 공부를 해야 하고 책을 읽으라고 하는 사람은 자신도 책을 읽어야 하고 요. 모범이 되자고요. 그래서 내 주위가 따뜻하게 바뀌어 갈 수 있게요.

내 마음 귀 기울이기

저는 제 삶을 산 것이 아니라 남을 위한 삶을 살았어요. 배려를 마음속에 달고 살았죠. 싫어도 그냥 그러려니 하고 친구들이 밖으로 부르면 가기 싫어도 그냥 나갔어요. 어떤 것이 정답인지는 몰라요. 그저 내가 멋지게 생활하려고 하면 결국에는 알아주더라고요. 저도 몇 번 힘들었던 적이 있어요. 관계에서요. 저는 친절하게 대하려고 했는데 상대방은 부담을 느낄 수도 있죠.

"쟤, 착한 척한다."라고 말을 했고요.

그 몇몇 때문에 힘들어 하는 저를 보고요. 요즘은 생각을 조금 바꾸고 있어요. 진심으로 대하자. 그런데 '나를 싫어한다고 힘들어 하지 말자.'라고요. 그런 사람도 있고 이런 사람도 있다고요. 꼭 마음에 맞는 사람만 있을 수는 없잖아요. 그저 생각하려고요. 내 마음의 소리를 중요시 여기자고요. 내 마음이 가는대로 내 마음의 소리에 귀 기울이자고요. 내가 제일 중요해요. 그렇다고 나

뻔 행동을 한다는 것이 아니에요. 남들이 나쁜 소리를 한다고 해도 저는 그저 저의 최선을 다하려고 해요. 나쁜 일을 안하고 남을 무시하지 않으려 노력할 거고 상대가 힘들 때 더 조심히 생각하자고요.

내가 어떻게 해야 할지 생각이 안 설 때 글을 써 보는 거예요. '내가 어떻게 해야 앞으로의 방향을 잘 잡고 나갈 수 있을까?' 라고요. 그중에 제일 마음이 가는 것 중 하나는 내 마음 떳떳하게 살자는 것이었어요. 제 성격의 특성상 잘못하면 신경이 계속 쓰여요. 그래서 실수하는 것도 싫어하고요. 누군가의 눈총을 받는 것을 싫어해요. 그런데 내 기준일 수 있겠지만 최대한 남을 배려하고 나쁜 짓을 하고 지내지 말자고 생각했어요. 앞으로도 그럴 거고요. 학교에서 잠을 자는 것도 양심에 찔리더라고요. 제가 하고 싶은 것을 잘 모른체 살았어요. 그저 학교에 다니고 다른 친구들처럼 하기 싫은 공부를 해야 했고 학점을 잘 받으려고 노력했죠.

정답은 없는 것 같아요. 좋은 방향만 있는 거죠. 그래도 좋아하는 것이 있으면 한 번 해볼 때까지 해보셨으면 좋겠어요. 저도 아직 제가 뭘 좋아하고 잘하는지 몰라요. 그리고 겁이 많아서 시도하는 것도 두렵고요. 참 제가 저한테 안타까워요. 하루를 지낼 때 가장 힘들었던 때는 잠이 들지 않는 저녁이었어요. 한 것은 있는데 하루를 즐겁게 보내고 기분 좋게 잠들지 않았던 순간이 아쉬워요. 잠을 자기가 아까운 것 있죠. 잠도 오지 않고요. 그럴 때면 저는 항상 휴대폰을 보았어요. 아무 생각 없이요. 제 마음에 귀를 기울이기 시작했어요. 하루 마무리를 글로 적고 생각났던 일을 적으면 잠이 잘 오더라고요. 뭔가 정리가 된다고나 할까요? 마음속에 있는 말을 저에게 하는 것 같아요.

힘들면 힘들다고 좋으면 좋다고 말하고요. 하루가 마무리가 잘 되어가는 느낌이 들어요. 다른 사람들의 말을 많이 들어주다가 제가 지쳐 있던 것 같아요.

친구가 뭐라고 하면 '음, 그래 힘들었겠다. 힘내자.' 이렇게 말을 했는데 저 자신에게 힘내라고 하지 않았던 것이 제일 아쉬워요. 제가 착한 일을 했는데 남이 모른다고 슬퍼하지 말고 내가 뿌듯해서 했으면 좋겠어요.

내가 따뜻해야 세상이 따뜻해져요. 그렇게 믿으려고요. 그렇다고요. 하루를 한탄으로 보냈던 저였다면 이제는 기쁘게 생각할 거예요. 제 주위 사람에게도 따뜻하게 대하려고요. 어제도 아버지와 사소한 말다툼이 있었는데 제가 기분 좋게 받아들이면 되는데 말이죠.

그래서 아버지께 죄송해요. 전에는 '아버지는 왜 아버지 입장만을 생각하시지?' 라고 생각했다면 요즘은 '나는 왜 내 입장만 생각하지?' 라고 아쉬울 때가 많아요. 반성 아닌 반성을 하는 거죠. '건강해지면 가족에게 잘해야지.' 했지만 막상 건강해지고 나니 감사함은 잊은 채 또 세상을 삐딱하게 보고 있더라고요. 삐딱하게 보니 세상이 절 돕지 않는다고 생각해요.

얼마 전부터 생각했습니다. 편안하게 생각하자고요. 세상을 따뜻하게 보자고요. 한 할아버지가 아내인 할머니를 보러 병원에 다니시는데 할아버지께 누가 그러셨대요.

"할머니는 치매에 걸리셔서 할아버지를 알아보지 못할 건데 왜 그렇게 하루도 빠짐없이 할머니를 보러 가나요?"

그러자 할아버지가 그러셨대요. 할머니는 자신을 못 알아보지만 자신은 할머니를 알아보지 않느냐고 언제 나도 아내를 못 알아보게 될지 두려워서 그런다고 하셨대요.

그 말을 듣고 '이게 진정한 사랑이구나.' 싶었어요. 아무 대가를 바라는 것 없이 누군가를 사랑할 수 있다는 것이요. 그저 그 사람이 좋을 때 말이죠. 누군가를 아무 대가 없이 좋아한 적이 있으세요. 우선 가장 가까운 곳에 있어요. 바로 부모님이죠. 부모님은 우리를 아무 대가 없이 대해주셨잖아요. 사춘기에 접어들고 생각이 맞지 않을 뿐이지 부모님이 저희를 사랑하는 마음은 여전할 거예요. 부모님으로선 저희가 잘 되기를 바라는 마음에서 쓴 소리도 하시고 화도 내시는 거예요.

정말 나중에 가슴에 못 박히는 느낌이 들지 않으시려면 부모님께 그저 말하는 거예요. 감사하다고요. 손도 잡아보고요. 친구들과 많이 찍는 사진도 찍어보고요.

경치 좋은 곳에도 가 보는 겁니다. 그리고 내 이야기도 중요하듯이 어머니 이야기도 들어보는 겁니다. 얼마 전 어머니께서 그러시더라고요. 미안하다고요. 들어보니 어머니 나름대로 이유가 있더라고요. 사람마다 자신의 기준에서 상황을 판단하는 거니 힘들 수밖에 없죠. 그래도 생각하자고요. 내 주위 사람들에게 잘하자고요. 성공을 바라고 돈을 많이 벌고 싶은데 내 주위를 잘 대하려 하지 않으면서 많은 사람을 잘 대하려고 한다는 것은 아닌 거예요.

저도 성공을 하고 싶었던 때가 있어요. 그때는 그저 돈을 많이 벌고 싶었어요. 남들처럼 좋은 차타고 싶었고 멋진 집에서 살고 싶었죠. 그런데 멋지게 성공한 사람치고 주변의 관계가 나쁜 사람은 보지 못했어요. 그래서 요즘은 주변 사람에게 최대한 친절하게 대하려고 해요. 그리고 상대방에게 내 자랑을 하는 것이 아니라 상대방의 힘든 점을 들어주려 노력해야 한다는 것도 알았고요.

병원에 있을 때 제일 불행한 사람이 제일 아프고 돈이 없는 사람이 아니었어요. 그저 옆에 아무도 없는 사람이었죠. 밥을 먹을 때도 혼자 물리치료실에 갈 때도 혼자였던 형이 있었는데 다행히 씩씩하더라고요. 다리 한쪽을 절단했는데 혼자 밥도 잘 먹고요. 운동도 열심히 했어요. 형과 친하게 지냈는데 요즘은 어찌 지내나 모르겠어요. 참 안타깝죠. 옆에 누군가 없다는 게요. 일을 할 때도 그렇잖아요. 제일 힘든 것이 인간관계라는 거요. 사람과의 관계가 제일 중요한 것 같아요. 혼자 사는 세상이 아니잖아요. 가족들과 아주 화목한 친구가 있어요. 보기도 좋고 그 친구 주변으로 좋은 에너지가 물들어 가는 것 같았어요. 그런 느낌 있잖아요. 이 사람과 같이 있으면 편안하고 함께 하고 싶은 느낌이요. 저도 그랬으면 좋겠어요. 저와 함께 하는 사람들이 저와 함께 하고 싶다는 생각을 가지셨으면 좋겠다는 생각이 들어요. 그러기 위해선 제 마음의 소리에 귀를 기울이려고요. 저에게 말하는 거예요.

누군가를 내 생각대로 판단하지 말자고요. 내가 좋은 것들을 주었다고 해서 돌아오기를 바라는 것이 아니라 내가 이 사람이 그냥 좋아서 준 것이라 생각하는 거예요. 대가를 바라지 않는 거예요. 할머니를 사랑하는 할아버지처럼요.

저도 생각해 보면 누군가를 도와주었을 때 행복했던 것 같아요.

TV야, 안녕

TV를 보지 않는 건 아니지만 정말 TV를 보는 시간이 줄었어요. 아쉽더라고요. TV를 보는 것이 잘못되었다는 것은 아니지만 뇌를 끊임없이 사용하는 것 같아요. 토요일 일요일 되면 종일 TV를 보느라 시간을 다 썼었어요. 드라마도 보고 음식 프로그램도 보고요. 축구도 보고 야구도 보고 농구 중계도 보았어요. TV를 다 보고 나면 허무한 기분이 들었고요. 쉬려고 한 것인데 피곤해서 잠이 들었던 기억이 나요.

그런가 하면 앉아서 하는 것들, 인내가 필요한 것들을 하지 않았죠. 책을 전혀 읽지도 않고요. 그저 하루를 허무하게 보냈던 순간들이 많았어요. 아기를 좋아해서 아기들 나오는 프로그램도 보고요. 제가 좋아하는 것들은 다 보았던 것 같아요. 유튜브를 볼 때도 제가 필요한 것만 보는 것이 아니라 시간 보내기

용으로 보았던 것 같아요.

어느 순간 TV 휴대폰이 없으면 삶의 재미가 없었죠. TV는 쉬어야 할 뇌를 계속 쓰게 만드는 것 같아요. 벌써 제가 사고가 난 지 4년이라는 시간이 흘렀어요. 바보가 될까봐 무서웠는데 정말 바보가 될 방법은 다 했던 것 같아요. 컴퓨터, TV, 휴대폰. 다들 그러실 거예요. 참 다들 이 세 가지가 없으면 안 되잖아요. 저는 바보가 되어가고 있었던 것 같아요.

저 자신이 참 한심스러웠죠. 그래도 계속 보았던 제가 지금 생각해 보면 참 아쉬워요. 요즘은 휴대폰을 멀리 하려고 해요. 휴대폰을 보면서 나의 삶과 다른 이들의 삶을 비교하게 되는 것 같아요. 나보다 잘 사는 사람들의 모습을 보면서 참 제 자신이 작아 보이기 시작했죠. 전화는 해야 하니까 전화는 받을 거지만 카,톡 SNS는 조금 사용을 줄이려고 해요.

그렇게 어머니가 강조했었는데 저는 휴대폰 사용을 줄이지 않았던 것이 참 후회가 돼요. 그래도 앞으로는 제 행복을 위해 노력할 거예요. 책도 많이 읽고요. 글도 많이 쓸 거예요. 그래서 사고력을 늘릴 거고요. 앞으로 말을 하거나 행동할 때 조금은 더 노력할 거예요. 많은 이들의 이야기를 들어주고 함께 이야기할 수 있도록 제가 알아가는 삶을 놓치지 않을 거예요. 저는 다치고 많은 것을 잃었습니다. 일, 사람, 돈, 건강, 마음. 많은 것들을요. 그중 제일 아쉬운 것은 마음을 잃었다는 것이에요. 걱정으로 하루를 살아본 기억 있으시면 아실 텐데 저는 하루하루가 힘들었어요. 환상통이 오면 오만가지 걱정으로 삶을 대했고요. 누군가에게 연락이 올까 봐 걱정했어요. 하루를 시작하는 것도 잠을 자도 자도 피곤했고요. 하루하루가 무기력했어요. 눈물도 나지가 않고요. 가슴 속에 응어리들이 하나하나 쌓여가고 있었어요.

그런데 요즘은 글을 쓰고 조금씩 조금씩 제 마음속에 응어리를 벗어내고 있는 것 같아요. TV를 보는 시간이 아까워지기 시작했으니까요. 전에는 'TV 없이 뭐 하고 보낼까?' 라고 생각을 했다면 그저 시간이 아까워요. 많은 걸 하고 싶어졌어요. 공부도 더하고 싶고, 글도 쓰고 싶고, 책도 읽고 싶고요. 참 빨리도 알게 된 거 같아요. 얼마나 후회되는지 몰라요. 아시는 선생님께서 그러시더라고요. 대학을 나오는 것과 그렇지 않은 것은 많은 차이가 있다고요. 그런 것 같아요. 많은 차이가 있는 것 같아요. 그만큼 대화할 수 있는 폭이 다르고 자신의 전공을 공부한 사람은 전문가가 되죠.

오늘 메일을 한 통 보냈어요. 앞에서 말한 MIT 공대에 교수로 있으신 휴 허 교수님께요. 전자 의족을 사용하시는데 TED 강의를 보고 메일을 보냈어요. '저도 도움을 받을 수 있을까요?' 라고요. 그 분야에 전문가가 된다는 것은 대단한 거예요. 그만큼 인내의 시간을 가진 거죠. 그래서 박사학위까지 공부하신 분들 보면 대단해요. 그중에 정말 형편이 되지 않는데 공부하는 사람들을 보면 대단하다는 생각이 들어요. 제가 전문대를 나왔는데 교수님 중 대단하신 분들이 계셨어요. 그만큼 노력을 한 거겠죠. 종일 TV를 보면서 꿈을 꾸는 것이 아니라 꿈을 이루려고 꿈을 위해 노력해야 한다고 생각해요. 저도 아직 제가 좋아하는 것이 무엇인지 잘 모르겠어요. 아직 겪어야 할 나날들이 많으니까 조금 더 행복한 나날들이 펼쳐질 거라 믿고 있고 그러기 위해선 노력해야겠죠. 더 많은 기회가 오기를 바라면서요. 더 좋은 선택을 할 수 있는 안목을 높이는 노력도 하고요. 꼭 모든 것이 뜻대로 되지는 않을 거라 생각해요.

겨울만 되면 농구경기를 TV로 봤어요. 이번 해에는 다짐할 거예요. 중요한 경기를 제외하고는 보지 않을 거라고요. 올여름에는 야구도 거의 보지 않았어요. 이번 여름은 제 인생에서 두 번째로 뜻깊은 하루를 보냈던 것 같아요. 읽고 쓰는 삶을 배웠거든요. 짧은 기간이지만 말하는 속도도 많이 차분해졌어

요. 그리고 긍정적인 생각도 많아졌고요. 긍정, 다시 한 번 긍정이라는 말이 있
듯이 긍정적으로 살 수 있도록 앞으로도 노력할 거예요. 그리고 TV를 보는 삶
에서 책을 읽는 삶으로 바꾸려고 노력할 거예요. 저도 생각했어요. '왜 TV 보는
게 나쁜 거지?' 라고요. 그런데 책을 읽으니까 답이 나오더라고요. 책은 생각하
게 해주는 거라면 TV는 내 머리를 쉬게 하지 않고 계속 사용을 한다고 느껴지
더라고요

　걱정이 많았던 제 모습이 이제 많이 바뀌었어요. '내 걱정은 별것 아니구나.'
생각도 들고요. 일어날 수 있는 지혜도 배워가는 것 같아요. 책은 앉아서 하는
독서잖아요. 어떤 분은 그러더라고요. 책을 많이 읽으니까 어떤 때는 퇴계 이
황이 나와서 이야기를 해주는 것 같고 어떨 때는 세종대왕이 이야기해주는 것
같다고요. 그렇게까지는 바라지 않아도 그저 순간순간 선택할 기회가 생길 때
조금 잘 선택할 수 있었으면 좋겠어요. 선택 장애라는 것도 있잖아요. 어느 것
을 선택해야 할지 모르는 순간이요. 잘 선택할 수 있는 직관력이 높아지고 싶
어요. 그리고 글을 쓰는 것이 재미있다고 느끼는 것 중 하나가 제 이야기를 쓰
다 보니 저에 대해서 몰랐던 점도 알아가더라고요. '그때 그랬지.' 라고 추억에
잠기기도 하고요. 내가 잘 했던 적이 생각도 나요. 어릴 때 성적이 좋아서 상장
도 받고 모범상도 받았던 점을 생각하니 제 자존감도 높아지는 것 같고요.

　긍정적으로 생각하면서 글을 쓰니까 좋은 점을 끊임없이 찾는다는 거예요.
내가 잘하는 것들도 찾게 되고 잘했던 행동도 생각하게 되고요. 글을 쓰면서
흐뭇하게 웃기도 해요. 저에 대한 자신감이 많이 생겼다고 할까요.

　그리고 곁가지를 쳐내서 삶을 집중하려고 하는 것 같아요. 내가 해야 하는
일 하고 싶은 일들 중에 우선순위를 드는 것 같아요. 제 말에 공감을 하시는 분
들이 있으실 거예요. 분명 경험하셨을 거예요. 요즘 관계를 정리하는 사람이

많다고 해요. 저도 나쁘다고 생각하지 않는 게 너무 자신이 다른 사람들에게 휘둘리면 내 삶을 사는 게 아니잖아요. 나 자신이 제일 중요하다고 생각해요. 읽고 쓰는 삶을 하면 굳이 관계를 정리하지 않아도 좋은 관계는 생기고 나에게 많이 도움되지 않는 관계는 줄어드는 것 같아요. 제 판단도 생기고요.

그리고 아이들이 책 읽기를 좋아하면 먼저 부모님께서 책을 읽고 서로 얘기해 보는 것이 어떨까요? 어제 아버지와 잠깐 서점에 가서 똑같은 책을 읽었어요. 서로 말은 안 해도 배울 점이 있다고 얘기했죠. 휴대폰을 보기 보다 책을 읽는 것이 백배는 좋다는 것 알고 있잖아요. 행하는 건 어떨까요. 나를 위해서도 자녀를 위해서도요. 어머니는 좋은 생각이라는 책을 거의 10년이 넘게 매달 읽어 오신 것 같아요. 그래서 부족한 저보다 더 아시는 것도 많고 빨리 판단하시죠. 심심할 때 책을 읽으셔서 참 감사한 것 같아요.

누군가가 재미있는 프로그램을 보고 있어도 요즘은 보고 싶다고 생각이 들지 않더라고요. 가끔 가다가 개그 프로그램은 보고 싶더라고요. 한없이 웃고 싶은 마음이 들어서요. 최소한으로 줄이는 거예요. 나에게 유익하지 않은 활동을요.

저도 깜짝 놀랐어요. 많이 바뀌고 있는 게 느껴져요. 정말로요. 거짓말하는 것이 아니라 책상에 앉아 있는 것이 정말 힘들었다면 요즘은 한 번씩 책상으로 가는 발걸음이 놀랄 때가 있어요. 요즘은 마음이 따뜻해지는 그런 책들을 읽는 것 같아요. 제 마음이 아직 따뜻해지길 원하나 보아요. 저의 글도 누군가에게 따뜻해졌으면 좋겠어요. 많은 분들이 삭막한 삶에서 자신만의 따뜻한 마음을 가질 수 있으셨으면 좋겠어요. 혼자라고 생각하지 마세요. 글을 쓰는 많은 작가 분들도 따뜻한 말 한 마디를 글로 써 해주는 것뿐입니다. 많은 분들이 곁에서 힘을 주고 있다는 생각을 하세요. 잠시 TV를 끄고 글을 읽는 겁니다.

누가 시켜서 한 게 아니다

제가 하고 싶었어요. 글을 쓰고 싶다는 마음이 있었죠. 그저 마음이 가는 대로 행했을 뿐인데 많은 것들이 저에게 일어났죠. 글을 쓰고 싶은 마음이 있으니 찾아보기도 하고 마음 가는 대로 글을 썼어요. 그냥 쓰는 거예요. 저는 문장력도 좋지 않고 그저 쓰기만 했어요. 그런데 글을 쓰는 행복이 제게 오더라고요.

대학생 때가 생각이 납니다. 피곤해도 아침이 되면 벌떡 일어날 수 있었거든요. 누가 깨우지 않아도 기분 좋게 일어났던 것 같아요. 항상 저는 생각합니다. 아침에 일찍 일어나야 한다고요. 그런데 쉽지 않더라고요. 어떤 분은 아침에 일어나지 못해서 회사를 그만두셨다고 하시더라고요. 이해가 가요. 얼마나 힘이 드는 건지요. 아침에 일어나는 것은 누구에게나 힘이 드는 거죠. 그런데 힘이 드는 걸 떠나서 누가 깨워 주지 않으면 일어날 수가 없어요. 얼마나 힘든지 몰라요. 잠에 지기 싫지만 질 수밖에 없는 순간이요. 그런데 그러더라고요. 의지로 될 수 있는 것이 있고 그렇지 않은 것이 있다고요. 조금은 마음 편하게 가지자고요. 내 몸이 힘들다는 신호를 보내오는 것으로 생각하자고요. 직장이 있는 분들은 참 힘드시겠죠. 저도 그랬고요.

그저 쓰면 좋을 것 같아서 지금 힘든 내 마음을 어루만져 줄 수 있을 것 같아서 글을 썼어요. 많은 것들이 달라졌어요. 우선 누군가의 말에 수긍을 잘해요. 그리고 '감사해.' 하고요. 반성도 하고요. 전에는 저의 틀에 갇혀 있었다면 요즘은 남들이 그렇게 얘기하는 것은 이유가 있다고 생각하고 한 번 더 생각하죠. 누가 시켜서 했다면 꾸준히 하지 못했을 겁니다. 글을 쓰기 시작한 날부터 지금까지는 꾸준히 글을 써 왔고요. 앞으로도 글을 쓸 겁니다. 다들 생각할 거예요. '글을 쓴다고 뭐가 달라지겠어?' 라고요. 저도 처음엔 반신반의하면서 글을 썼어요. 그런데 정말 많은 것들이 바뀌더라고요. 제가 스스로 시작했으니 제 마음이 여유가 생겼고요. 저 스스로 할 취미 활동이 생긴 거죠. 힘들 때 글을 씁니다. 힘들면 힘들다. 좋으면 좋다고요. 그 상황을 즐기는 거예요. 다들 하나쯤 취미 활동을 가지고 계시죠.

어릴 때가 생각이 나요. 몰래 판타지 소설을 읽었던 때가요. 그때는 오로지 읽고 싶다는 생각밖에 들지 않았죠. 누가 시켜서 한 것이 아니라 수업 시간에도 읽었고 공부하는 척하며 책 사이에 숨겨서 판타지 소설을 읽었던 때가 생각이 나요. 책 제목이 생각이 나는 것들이 있는데요. 누가 시켜서 하는 것이 아니라 자기가 좋아서 하면 몰입을 하게 되죠. 물론 도박이나 담배 술같이 몸에 해롭고 좋지 않은 영향을 주는 것은 멀리 하는 것이 좋겠죠. 책에서 그러더라고요. 정말 좋아하는 사람이 있는데 그 사람이 결혼한 사람이라면 내가 멀리 해야 한다고 하더라고요. 그런 거죠. 전화번호를 삭제한다거나 멀어지는 거죠.

거리를 두는 것 같아요. 몸이 멀어지면 마음도 멀어진다는 말이 있듯이 내가 좋지 않다고 생각하면 그렇게 행하는 거예요. 저는 TV 보는 것을 줄이고 있어요. 필요할 때 유익하다고 생각할 때는 당연히 보는데 그렇게 찾아서 보는 것을 자제하고 있어요. 누가 보고 있더라도 그냥 글을 조금 읽어요. 그러면 뿌듯하고 성취감이 생기죠.

한 번 해보는 것도 좋을 것 같아요. 좋은 생각을 하는 겁니다. '나에게 좋은 일들이 생길 거야.'라고요. 그저 좋았어요. 저 혼자 상상하는 것이요.

앞으로 재미있는 일들이 생길 것만 같은 기분이 든다고요. 하기 싫은 것들을 억지로 하면 정말 싫잖아요. 숙제는 아직도 싫은 것 같아요. 어릴 때부터 누군가 시켜서 하는 것은 너무나 하기 싫었죠. 학습지 같은 것도 한꺼번에 몰아서 하게 되고 선생님이 오시기 전까지 빨리 마무리를 하려 했던 기억이 나요. 그리고 중학교, 고등학교 때도 숙제를 내주면 참 못됐던 것 중 하나가 무서운 선생님이면 얼른 하고요. 무섭지 않은 선생님이면 숙제하지 않았던 기억이 나요. 억지로 야간 자율 학습을 하게 되면 공부하는 시간보다 딴짓을 더 했던 것 같아요. 몰래 친구와 라디오를 듣기도 하고요. 음악을 듣기도 했어요. 억지로 하는 것은 정말 싫죠. 형님들이 심부름을 시킬 때도 그랬어요. '왜 날 시키지?'라고 생각했어요. 마음에 우러나와야 할 수 있는 것들이 있어요. 그리고 그렇게 해야 재미가 있고요. 꼭 거창한 것이 아니어도 좋아요. 나 자신이 행복하고 내 가치를 높일 수 있는 일을 찾는 거예요.

옷을 산다거나 신발을 산다거나 쇼핑을 할 때에는 누가 시키지도 않았는데 종일 걸어 다녀도 피곤하지 않죠. 그런 것 같아요. 내가 하고 싶은 일을 할 때는 하는 것이 좋다고 생각하게 되죠. 저는 남방을 좋아하는데요. 한 번씩 인터넷으로 검색해봐요. 이쁜 남방이 있나 생각하면서요. 공부하는 것도 누가 시켜서 하지 않고 내가 좋아서 하는 거면 얼마나 좋을까요. 그렇죠. 내가 좋아서 행복해 하는 일을 찾는 거예요. 힘들겠죠. 저도 그렇고요. 그런데 누가 그러더라고요. 경험 많이 해 보라고요. 그러면 나에게 많은 좋은 일들이 생길 수 있다고 말하더라고요. 우리는 틀에 맞춰 살았어요. 아침에 일어나서 학교에 갔다가 마치고 집에 와서 학원을 왔다가 중학생, 고등학생 때까지 기억에 남는 일이라고는 소풍, 수련회, 운동회, 수학여행 같은 몇 안 되는 일들만 기억에 남죠. 재미있었던 적이 생각이 많이 나지 않아요. 글을 쓰면서도 예전 생각을 하는데도 행복했던 기억은 많이 나지가 않는 것 같아요. 그래도 기억에 남았던 적은 대학생 때 제가 하고 싶은 것 하기도 하고 밤새워 놀기도 하고요. 친구들과 멀리 여행을 가기도 하고요. 참 좋았어요.

학교에 다닐 때는 소소한 행복이 있어서 그나마 재미가 있었던 것 같아요. 군대에 다녀온 친구들도 그러더라고요. 군대에 있으면 작은 것에 감사한다고요. 우리는 감사해야 하는 것들이 무진장 많은데 안타깝게도 그러지 않죠.

야구를 볼 때도 그래요. 자신이 그저 선수가 된 것 마냥 어떻게 구질을 던질 거며 타자는 이때는 번트를 댈 것이며 이럴 때 교체카드는 누구를 쓸 것이며 혼자 감독이 될 정도로 좋아하는 일이 생기면 몰입하고 흥미를 느끼게 되죠.

다들 공부에 흥미를 느끼셨으면 좋겠어요. 읽는 생활도요. 많은 이들의 이야기를 알 수 있어요. 그리고 저처럼 걱정이 많은 사람이 어떻게 살고 있는지 알고 싶어 하는 오지랖을 가지고 있다면 책 읽기를 추천합니다. 저도 책을 읽으라고 누가 시켰다면 금방 포기하고 실행에 옮기지 못했을 거예요. 그런데 꾸준히 할 수 있을 거라 확신해요. 아침에 일어나는 것도 힘들고 걱정이 불쑥 찾아올 때도 힘들 때도 읽고 쓰는 삶을 포기하지 않을 거예요. 집에 책 한 권씩 다 있으시잖아요. 저는 요즘 책을 잘 안 사요. 왜냐면 집에도 읽지 않은 책들이 많거든요. 그 책들로 제 마음의 양식을 충분히 쌓을 수 있다고 생각해요. 집에 책이 없다면 사면 되고 집에 책이 많다면 읽으면 되는 거예요.

게임을 할 때가 생각이 납니다. 친구들과 롤이라는 게임을 밤새워서 했는데 매일 몰입해서 했어요. 누가 시켜서 한 거 아니죠. 그저 좋아서 당구를 못 치는데 친구들과 점심 시간에 자장면을 시켜 먹으며 집중해서 당구를 쳤던 적이 생각이 나요.

그렇게 집중해서 할 수 있었던 것을 내 모습을 멋지게 만들기 위해 우리 노력해요. 힘들겠지만 이겨 나갑시다. 한걸음, 한걸음씩요.

함께 해 보자!

함께 하고 싶어요. 내 마음을 따뜻하게 만들어주는 그런 읽기와 쓰는 삶을 요. 누군가가 같이 뛰어주는 것만 해도 좋잖아요. 그냥 그런 생각이 들었어요. 함께 하고 싶은 사람이 있다는 거요. 세상을 함께 헤쳐 나가고 싶은 마음이요. 참 쉽지 않죠. 그리고 힘들기도 하고요. 혼자서는 할 수 없는 일들이 많아요. 마음이 아주 아픈 사람은 이겨내고 싶은 마음은 크다는 것 알고 있어요. 그럴 때는 옆에 누군가가 도와주면 어떨까 싶어요. 별것 아니지만 힘이 될 수 있어요. 누군가에게는요. 많이 힘들다고 생각이 들 때 옆에서 누군가가 도와주면 감사하거든요. 그 누군가가 되는 거예요. 힘을 준다는 거요. 그래서 누군가에게 힘을 줄 수 있었으면 좋겠어요.

나도 분명 누군가에게 힘을 받았던 적이 있을 거예요. 그 생각을 놓지 말자고요. 그저 감사하는 거예요. 내가 이렇게 힘을 얻었다는 것에요. 그런 분은 없었으면 좋겠어요. 나 혼자 잘 살자는 사람이요. 혼자 잘 살 수는 없어요. 누군가가 옆에 있어야죠. 적은 돈을 벌면서도 기부를 하는 사람이 있지만 자신에게는 별것 아닌 것에도 누군가에게 준다는 것을 정말 생각도 하지 않는 분들이 있죠. 다들 자신이 제일 중요하다는 것 알고 있는데 그저 조금의 선의를 베풀어 주셨으면 좋겠어요.

장애인 올림픽을 보면 느끼죠. 혼자서는 할 수 없는 일들이 함께 하면 더 감동적이고 멋있게 바뀔 수 있다고요. 평범한 사람이 했던 것보다 훨씬 멋있잖아요. 저만 그런가요. 두 팔이 없는데 수영을 하는 선수 눈이 안 보이는데 축구를 하는 사람들 정말 우리는 감사해야 해요. 저는 사실 제 팔을 볼 때마다 가슴이 아려와요. 너무 힘이 들 때가 있어요. 다리도 한 번씩 흔들거리고요. 하루하루가 고난의 연속이었어요. 그런데 참 어느 순간 감사하더라고요. 이 정도만 다친 것이요. 이 정도만 아픈 것이요. 그래서 생각해요. 앞으로 누군가에게 조금 힘이 돼 보자라고요.

한 손으로 안 되는 것이 있어요. 두 손으로 드는 거요. 그럴 때는 누군가와 함께 들이요. 처음에는 '난 못해.' 라고 생각했다면 요즘에는 '함께 할 수 있는 사람이 있다는 것이 감사하다.' 고 생각이 들더라고요. 어머니께서 청소하고 계시면 조금 도와드리세요. 그저 저의 방을 닦는 겁니다. 전에는 하지 않았다면 놀라실 거예요. 그렇지만 계속하다 보면 나도 행복하고 어머니도 행복해 하실 거예요. 저는 어머니가 빨래를 널 때 도와드린 적이 많이 없었는데 요즘은 도와 드리려고 노력해요. 도와드리니까 생각이 들더라고요. 이렇게 귀찮은 일을 아무 불평 없이 해주신 것에 감사가 되고요. 또 저도 힘이 되어 드리고 싶다는 것에요. 함께 하니까 훨씬 빠른 시간에 많은 것들이 해결되더라고요.

아버지와 함께 하면서 고장 난 물건을 고칠 때 서로 힘을 주기도 하고 딱 서로 마음이 맞아서 잘 해결될 때도 있고요. 함께 하는 겁니다. 글을 쓰는 것에요. 좋아하는 사람과 한 번 해보는 것 어떨까요. 그저 감사하고 사랑한다는 말을 은유적으로요. 내 마음도 상대방의 마음도 많이 바뀔 수 있다는 것을 알 수 있을 거예요.

그룹 P.T 과외가 있듯이 함께 하면 능률이 올라요. 혼자 하는 것도 필요할 때가 있겠지만 서로 아자! 아자! 힘내는 것도 필요하다고 생각해요. 제가 중학교 때 시험 기간에 공부를 했던 때 친구와 서로 물어가며 가르쳐 주기도 하고요. 그러면서 공부를 하니 훨씬 능률이 오르더라고요. 함께 한다는 것이 좋아요. 백지장도 맞들면 낫다고 하듯이. 서로 도와서 하면 좋은 결과를 나타낼 수 있다고 생각해요. 함께 글쓰기를 하는 데 서로 힘을 주면 혼자 하는 것보다 훨씬 더 좋은 에너지를 받을 거라고 확신해요. 제 부족한 글을 읽고 감사하다고 얘기해주시는 분이 있기에 글을 쓰고 힘을 얻을 수 있었던 것 같아요.

글쓰기가 아니었다면 저는 지금쯤 너무 힘이 들어 많은 것들에 회의를 느꼈을 거예요. 매일 똑같은 일상에서 살아가야 한다는 것에 슬픔을 느꼈을 거고요. 한탄하고 후회하고 과거를 생각하느라 힘을 많이 뺐을 거예요. 과거에 내가 왜 이랬겠냐고 생각을 많이 하니 얼마나 지금 슬픈지 몰라요. 너무 힘이 들어 포기하고 싶을 때도 많았어요. 피곤하고 누구를 만나면 겉으로는 괜찮은 척해도 속은 문드러져 가는 기분이 들었죠. 정말 겪어보지 못하면 아무도 모를 거예요.

다 포기하고 싶어서 힘들어할 때 글쓰기를 알게 되었어요. 너무 힘이 들었던 제 모습을 표현하고 싶어서 글쓰기 시작했어요. 저는 아직도 힘들어 할 때가 많아요. 갑자기 걱정이 든다거나 갑자기 불안할 때가 있어요. 그런데 한 가지는 알았어요. 글을 쓰니 많은 것들이 치유되었다고요. 휴대폰을 보는 게 무서웠던 제가 요즘은 조금씩 대하는 태도가 달라졌어요. 그러면 어때 그냥 별것 아닌 거라고 생각하자라고요.

제 글을 읽는 분 중에 그런 분들이 계실 거예요. '나도 그런데. 나도 힘든데.' 라고요. 솔직히 제가 이렇게 말한다고 도움을 드릴 거라 생각이 들지 않아요. 제 상황도 변변치 않은데 네가 주제넘게 글쓰기 그리고 살아온 일을 말하느냐고 생각하실 수도 있죠. 많은 분들이 제 이야기에 공감할 거라고 생각하지 않아요. 그저 '이런 사람도 있구나.' 하고 느꼈으면 좋겠고 꼭 좋은 일들이 일어나는 것만 아니라는 것. 지금 행복하다고 계속 행복할 수 있다는 것은 아니라는 점 그리고 혼자서 이겨나가기 힘들 때 옆에 누군가 있다면 행복한 일이고 옆에 누군가가 힘들어 한다면 꼭 도움을 주세요.

마지막 말이라 글쓰기의 중요성을 나타내고 싶지 않아요. 그저 사람 사는 이야기를 하고 싶어요. 마음이 너무 힘들 때 글쓰기가 너무 중요하지만 첫째로는 제 마음을 다스리는 것이 중요하다는 것을 아셨으면 좋겠어요. 저는 산책 가는 것도 두려웠어요. 급하고 걱정이 되어서요. 그냥 불안해서 TV를 보면서 시간을 보냈죠. 종일 누워 있었고요. 생각이 줄어들기 시작했어요.

바보가 될까봐 두려웠어요. 생각하기에 제가 내 머리는 점점 나빠질 거라고 생각하니 더 불안해지더라고요. 항상 좋을 수는 없습니다. 그리고 항상 나쁠 수만은 없죠. 함께 이겨나가고 싶어요. 저 또한 문장력이 좋아서 글을 잘 써서 글을 쓰는 것이 아닙니다. 그저 남들 보다 할 이야기가 조금 더 많을 뿐입니다. 모두 다 할 이야기는 많아요. 모두 힘을 가지고 있습니다.

남들보다 조금 더 감사하고 좋은 생각하려고 노력하다 보면 자신도 모르게 성장해 있을 거라 생각합니다.

생각을 적으십시오. 긍정적인 말로요. 저는 그랬습니다. 힘들더라도 마지막은 꼭 긍정적으로 적으려고 했죠. 제 부족한 글 읽어 주셔서 감사합니다. 우리 함께 나아갑시다.

마치는 글

글을 쓰면서 행복했던 일, 짧지만 많은 것들이 바뀌었던 점 혼자가 아닌 것에 감사했던 일들을 책에 담았습니다. 또래의 친구들처럼 운동도 제대로 못하고하고 싶은 것도 제한적이었습니다. 그럴 때 읽고 쓰기의 힘을 알게 되었고 감사하게도 많은 것들이 바뀌었습니다.

삶을 대하는 태도가 크게 바뀌었죠. 조금 더 감사하고 조금 더 긍정적인 생각을 하려 하고요. 많은 일이 있었습니다. 환상통이 오면 세상 모든 걱정은 제가 다 짊어진 것 같았고 공황 장애로 어딜 제대로 가지도 못 했던 적도 많고요. 놀러 갔다가 일행을 두고 혼자 집으로 먼저 온 적도 많았습니다. 종일 누워서 있는 데도 눕고 싶은 마음이 들어서 얼마나 힘든지 몰랐습니다.

그런데 제 상처를 어루만져 주는 반창고처럼 제가 긍정적으로 마음을 가지기 시작했고 그 마음을 글로 표현하려 했습니다. 힘들 때는 힘들다고 글로 적기도 하고요. 기쁠 때는 기쁘다고 적기도 했고요.

그런데 마지막은 '이러이러해서 힘들었지.' 앞으로 이렇게 하지 않으려고 노력하자고 생각했어요. 그리고 중심을 잡으려고 노력했죠. 그렇죠. 저도 참 힘들어요. 아직도 현재 진행 중이고요. 감사하다는 말을 많이 하고 있어요. 제일 중요한 나를 위해서요. 글을 쓰면서 울고 웃었습니다. 글을 쓴다는 자체가 대단한 사람들만이 하는 거라고 생각하겠지만 그렇게 대단할 필요가 없어요. 남들은 내가 쓴 글을 그렇게 마음 깊게 생각하지 않더라고요. 그냥 쓰는 겁니다. 일기 형식처럼요. 많은 추억이 있으면 사는 것이 더 의미 있다고 생각해요. 제일 슬픈 사람은 추억이 없는 사람이라고 생각해요. 많은 추억을 쌓으세요. 그리고 그저 흘려 보내지 말고 글로 남기셨으면 좋겠어요.

그리고 가족들과도 친구들과도 많은 시간을 보내셨으면 좋겠어요. 얼마 전 가족들과 식사를 했습니다. 영화도 보고요. 그렇게 하고 나니 참 감사하더라고요. 만일 제가 힘이 들어 포기하고 있었다면 부모님은 얼마나 힘이 드셨겠느냐는 생각을 하니 없던 힘도 생기더라고요. 저도 또래들처럼 아프다는 말을 엄청 많이 하고요. 짜증도 많이 냅니다. 그래도 요즘은 생각해요. 부모님은 나를 위해 바라지도 원하지도 않고 그저 제가 행복하게 살기를 바라는데 나는 뭐가 힘들다고 부모님께 화내고 힘들다고 하냐고요.

조금 더 마음이 강해졌으면 좋겠습니다. 저도 여러분들도요. 그래서 힘든 세상을 이겨 나가는데 마치 걸어가는 것처럼 쉬워졌으면 좋겠어요. 적어도 제 글을 읽는 사람은 옆 사람들과 함께 이겨 나갔으면 좋겠어요.

그리고 제가 강조하는 읽고 쓰기를 하면서요. 글을 읽으면 걱정이 많이 줄어들 겁니다. 꼭 거창한 어려운 책을 읽을 필요는 없는 것 같아요. 저는 마음을 따뜻하게 만들어 주는 에세이가 좋더라고요. 제게 맞는 책을 읽으면 제일 좋겠죠. 그리고 그 책을 여러 번 읽어 보세요. 읽을 때마다 새로울 거예요. 여러분들이 조금 더 행복했으면 좋겠습니다.